Aoi & Mafuyu
「シンプリー・レッド」

「真冬…、 私が……わからないのか……？
真冬……！」
何度も名前を呼び、真冬の重みを全身で受け止める。真冬に血を吸われているのがわかった。ふわりと意識が吸いこまれる。肩から背中へ、自分の血が滴り落ちていく。
（「シンプリー・レッド」P.133より）

Chara

シンプリー・レッド

水壬楓子

キャラ文庫

この作品はフィクションです。
実在の人物・団体・事件などにはいっさい関係ありません。

目次

口絵・本文イラスト／汞りょう

シンプリー・レッド

肌寒い冬の夜だった。

とはいえ、十二月に入り、クリスマス商戦も熱を帯びてきて、世の恋人たちにはホットな季節なのかもしれない。あるいは、世の男たちにとっては懐の寒い季節なのか。

しかし日向碧《ひなたあおい》にとっては、クリスマスなど人間たちの愚かしい風習にすぎなかった。街が騒がしくなるばかりで、わずらわしいことこの上ない。

この時、碧は某大学で学生をしていた。

まあ、ヒマつぶしと実益——人間観察、生態の研究だ——を兼ねて、というところだろうか。「人」の世界に溶けこむという意味で、この時の碧の外見ならばそれが妥当だろう、と判断したわけである。

冥界《めいかい》から人間界へ来て、こちらの年数で数えて十年。

まだ十年、というべきか、もう十年、というべきなのか。

正直言って、碧には判然としない。

ただ、死にゆく人間の管理をする「死神」という存在で、冥界の委員会から委任されたルーティンな仕事にも慣れ、いささか日常の生活に退屈していたのかもしれない。

だから……そんな気になってしまったのだろう。

本当に、ちょっとした気まぐれで。

「おい、どうした？　吉宗《よしむね》」

わずかに大きな声で前方の闇に向かって呼びかけたのは、横を歩いていた男だった。

碧と同じく大学生——のふりをしている男。

碧よりもひとまわり以上も体格がよく、精悍《せいかん》で野性的な雰囲気は、キャンパスの女性たちにかなりのセックス・アピールを与えている。

そう…、危険な匂いを感じるのだろう。

そしてそれは、正しい認識だった。

なにしろ、彼——橘左卿《たちばなさきょう》は「悪魔」なのだから。

比喩《ひゆ》的に、ではなく、まさしく、そのものずばり、である。

死神と悪魔、というのは、人間界では似た者同士に見られることも多いが、実際にはその役割は異なる。

死神は人の死を司《つかさど》り、悪魔は死んだあとの魂を回収する。——もっとも「天使」との争奪戦になるわけだが。

天界と魔界、浄界と冥界——その四つにはさまれた中央にある人間界には、それぞれの世界から多くの種族が集まっている。

当然ながら、ふだんは人間と同様に生活している碧の人間界での日常において、正体を知っている者は少ない。

それこそ、天使か、悪魔か、同僚になる死神か。そのあたりしか。

碧と左卿とは、同じエリアを縄張り……というか、担当しているせいで顔を合わせることが多く、まあ、ある意味、友人関係なのだろう。

おたがいに正体を知っている者、という意味では、気安いつきあいができる。

左卿も同様に学生生活を――おそらくは碧以上に楽しんでおり、この夜、二人は人間界の「つきあい」の一環であるコンパなるものに顔を出した帰りに、散歩がてら大学構内を歩いていた。

碧はあまりそうした集まりに顔を出す方ではないが、今回は左卿に引っ張り出された形だった。どうやら女の子たちに「連れてきてっ」とせがまれたらしい。

スレンダーで端整な顔立ちをした碧は、どうやらちょっと近づきがたいクールな佳人、という印象を持たれているようだ。

「吉宗？　おい！　――チッ…、しょうがねぇな…」

ぶつぶつとつぶやいて、左卿が歩道から外れた植えこみのあたりに近づいていく。

吉宗――というのは、左卿の使い魔である黒ネコだ。

闇よりもさらに深い闇色の毛皮は、月のないこんな夜、碧の目にもとらえにくい。

そのネコがふいに左卿の肩から飛び下りて、姿を消してしまったのである。

と、前方の植えこみの陰から、にゃぁご、と応《こた》えるような鳴き声がした。そしてそれに続いて、妙な音が碧の耳に届く。

ザザッ…、という木の枝がこすれ合う音と、ほんのかすかな鳴き声――いや、泣き声、だろうか。

ヒッ…、と息を呑《の》むような音と小さな悲鳴。喉元《のどもと》でしゃくり上げるような声から、ついにはすすり泣くような声が、不規則に空気を揺らし始める。

吉宗の発する声とも思えず、思わず碧と左卿は顔を見合わせた。

碧が、わからない、という合図に首をふると、左卿が無造作に草むらをかき分け、碧もその後ろからのぞきこむ。

すると、低い植木の下に隠れるようにして、小さな子供がうずくまっていた。

三つ四つ、くらいの男の子だ。

泥だらけの顔はさらに涙でぐしゃぐしゃになっており、おびえた表情でこちらの様子をうかがっている。

『コイツ、吸血鬼のガキだぜ』

シシシシシ…ッ、と笑いながら、吉宗がその子供の肩に飛び乗り、さらにそこから頭へと飛び移った。

「……や…っ。……やっ…、何…っ？　来るな…っ！」

子供がもがくように手をバタバタさせるが、その力も弱々しく、吉宗には格好のいたずら相手というところだろう。

「ほう…、吸血鬼か。めずらしいな」

左卿がそれを見下ろして、軽く顎《あご》を撫《な》でる。

碧にもそれはわかった。人間とは発するオーラが違うのだ。

人間界には地元の、というべきか、土着の、というべきか、本来存在する人ならぬ者――「妖怪《ようかい》」の類《たぐい》は多い。吸血鬼や狼男《おおかみ》もそうした種類である。

人界には本当に、人間以外にも多種多様の生き物が生息し、あるいは碧たちのように異界からの訪問者が仮住まいしているのだ。

この子はその吸血鬼の波動を持っており、ただそれはずいぶんと微弱なものだった。人間とのハーフ…、おそらくはクォーター程度に薄い血なのだろう。

そのくらいなら人間の中に溶けこんで、普通に暮らしていくことも不可能ではないはずだが。朝日に溶けるわけではなく、影だってあるし、鏡にも映るだろう。ニンニク料理も食べられるだろうし、……まあ、銀アレルギーくらいは出るのかもしれないが。

吸血鬼ということを別にしても、生体的にひどく弱っているようで、その子は吉宗にネコパンチを浴びせられて、ぴーっ、と泣き出した。なんとも哀れな姿ではある。

……ただそれに同情するような「人間」がこの場にはいなかったのだが。

「学生が生み捨てたのか…？」

碧は小さく首をひねった。

「生み捨てた、って年じゃないだろ。三つ…、くらいか？」

使い魔が子供をからかうのを眺めながら、左卿が首をひねる。

「ま、どのみち、母親に捨てられたのには違いないんだろうがな」

母親が吸血鬼の血を受け継いでいたのか…、いや、むしろ行きずりにでも関係を持った父親がそうだったのかもしれない。母親はそれを知らずにこの子を生み、ここまで育てているうちに何か得体の知れない生態を察して……捨てたのだろうか。

わけもわからない恐怖に襲われて。

やはり「人」にとっては異生物である。

どれだけ血が薄くとも、幼い頃にはその特性——本能は出やすい。

「……どうするんだ、これ？　ほっとくと飢え死にしそうだが」

見るからに痩《や》せこけて、泣き声に混じって腹の音も盛大に聞こえてくる。ずいぶんと腹もすかせているようだ。

碧はぴーぴー泣き続ける子供を横目に、そのやかましさにうんざりしながら尋ねた。

「ほっときゃいいだろ。別に俺たちが面倒を見なきゃならんような生き物じゃない」

「まあ、そうだな…」

人間の生死は死神である碧の管理するところだが、吸血鬼は管轄外だ。

「おい、いつまでも遊んでんな。帰るぞ」

左卿が踵《きびす》を返しながら声をかけると、吉宗が行きがけの駄賃とばかり、ぴょんぴょんぴょーんっ、と蹴《け》りつけるようにして子供の頭の上で飛び跳ね、ひときわ大きく泣かせてから左卿の肩に飛び移ってくる。

『よっえーの。吸血鬼のくせにさ』

そして碧も、さっさと立ち去ろうとした時だった。

「やっ…、やだっ！　やだっ、待って…！」

二人がいなくなる気配にハッと顔を上げた子供が膝《ひざ》で土の上を這《は》いずり、必死に腕を伸ばして碧の足にしがみついてくる。

「待って……！　待って…っ、おいてかないで…っ！」

「おい…」

足首に食いこむほどつかまれた小さな指の強さに、碧は不快な眼差しで子供を見下ろした。

同時に、涙が溢《あふ》れた瞳で子供が碧を見上げてくる。

すがりつくような目をしていた。

まあ、当然だろう。この子にとっては、飢え死にするかしないかの瀬戸際だ。

碧は短くため息をついた。

「おまえみたいな存在がこの世界で生きていくのは苦労するんだろうが……、まあ、しぶとく生きてみるんだな」

誰を頼って生きていくこともできない存在だ。自分の力でしか。

そして碧は、この世界では傍観者にすぎなかった。生死を見つめることはできても、好き勝手に介入できるわけではない。

こんな子供に言っても意味がわかるとも思えなかったが、淡々と告げると、碧は手荒にその子の手をふり払った。

あっ、と小さな声を上げ、子供の身体はあっさりと飛ばされる。

しかしそれにかまわず、碧はさっさと植えこみから出て、もとの通りへともどった。

が、石畳の歩道へ下りた瞬間、再びがくっ、と前につんのめりそうになる。

後ろから、ほとんど体当たりするように、その子が碧の足にしがみついてきたのだ。

思わず険しい眼差しで背後をにらみつけ、碧はチッ、と舌を打った。

すっ…としゃがみこみ、碧はいくぶん強引に子供の顎をとった。

「悪いが、おまえにつきあっているほどヒマじゃないんだ」

その冷たい言葉に彼はわずかにひるんだようだったが、いっぱいに涙をためた、しかし意志の強そうな目はまっすぐに碧を見つめたまま、つかんだ足を放さない。

「ほう…、意外としぶといな」

その様子を眺めていた左卿が片頬《ほお》で笑うように言う。

その言葉に、碧は、あ、と思った。

そう…、ついさっき自分がこの子に言った言葉——。

それは、この子の本能、だったのだろうか。

生きるために必死な子供の。

ふっと意識をとられた瞬間、いきなり碧の手に、がじっ、と噛《か》みついてきたのだ。

「つ…っ！」

小さな牙《きば》が手のひらに食いこみ、鈍く走った痛みに、碧は反射的に子供を突き飛ばす。

くそっ…、と腹立たしく思いながら、淡い外灯の下で確かめてみると、手のひらからは赤い血がにじみ出し、手首を伝って滴《したた》り落ちていた。

思わず、小さな子供をにらみつける。

「あ……」

しかし意外なことに、その血に気づいた子供の方が、ひどくうろたえたような表情を見せた。

さっきまで、ふてぶてしく碧をにらんでくる度胸があったはずなのに。

その目は流れ落ちる鮮血に吸いよせられたまま、しかし身体はじりっとあとずさる。小さく身を震わせ、何度も首をふる。

「ご…ごめんなさい…っ、ごめんなさい……っ！」

無理やり引きはがすように顔を背け、頭を抱えこんで必死にあやまる。

その反応に、碧の方がとまどった。

「おまえ……」

血を――欲している。本能のままに。

そして同時に、恐れている。

おそらくは……母親からきつく叱《しか》られたのかもしれない。

自分ではどうしようもない、その渇望を。

ハァ…、と知らず、碧は肩から深い息を吐き出した。しばらくじっと、そのガクガクと震える背中を見つめる。

野良犬みたいに痩せこけて、ネコにもからかわれて。

それでも必死に生きようと……生きたいと願っている小さな生命を。

碧の中の、何が動かされたのだろうか。

定められた人の生死の中で、そこから外れた小さな命――。

それに関わることは、まったくの酔狂なのだろう。

「し…しない…っ！　もうしないから…！」

自分の身を抱えこみ、絞り出すようにしてうめく子供の身体を、碧は無造作に両手で抱き上げた。

あっ、と短い声を上げて、驚いたようにその子が碧の顔を見つめてくる。

だっこするようにして両腕でその体重を支え、ちょうど肩口にその子の頭が来るように抱き直してやると、碧はわずかに首を曲げてみせた。

「血が吸いたいんだろう？　――ほら」

細い、きれいな首筋が暗闇の中に白く浮かぶ。

ハッと、彼が息を呑むのがわかった。腕の中で、わずかに小さな身体が強張《こわば》る。

「い……いい…の……？」

迷うように、不安げに揺れる声が尋ねる。

「ああ」

あっさりと碧は答えた。

どうせ人ならぬ身だ。吸われたからといって、どうということはない。

だいたいこの子程度の血の薄い「吸血鬼」ならば、たとえ人間の血を吸ったところで相手が吸血鬼化するわけではないはずだ。

「で、でも……」

「私の気が変わる前に吸った方がいいぞ？」

それでもおどおどとうかがうように碧を見る子供に冷たくうながすと、ようやく意を決したように、ゴクリ、と彼が唾《つば》を飲み下す。

そして碧の肩に細い腕をまわしてくると、がじっ、とその首に噛みついてきた。

それは痛いというよりも、いくぶんくすぐったいような、むずがゆい感触だった。

思わず、口元のあたりが緩んでしまう。

初めはおずおずと、しかしだんだんと夢中になったのか、小さな吸血鬼はものすごい勢いで碧の血を吸い上げていった。

どのくらいそうしていたのか、わずかに酩酊《めいてい》したような、ふわりとくる感覚を覚え、碧は指先でわずかに赤みを帯びた小さな額を押しやるようにして引きはがす。

「……そのくらいにしておけ。それ以上吸われると、さすがに生体機能に支障をきたす」

いかに死神といえども、だ。

顔を上げ、ふはぁ…、と息を吐き出した子供は、げぷっ、と小さく喉を鳴らす。

どうやら満腹したようだ。

そして、とろん、とした目で碧を見ると、うっそりと伸ばした腕で碧の首にしがみつき、そのままことっ…と肩に顔を伏せる。

腹が満たされたせいか、眠気に襲われたようだった。相当に疲れてもいたのだろう。

「碧…、おまえ、どうするつもりだ？　そんな死に損ないの吸血鬼のガキを」

その様子を眺めていた悪魔が、腕を組んで尋ねてくる。

「さあな…」

と、碧は小さくつぶやいた。ぽんぽん、と子供の背中をたたきながら。

「だがヒマすぎるよ、人間界での生活は。ペットの一匹くらい飼ってみるのもいいだろう」

さらりと返しながら、碧はすーすー寝息を立て始めた子供を抱いたまま、ゆっくりと歩き出した。

意識もないくせに、肩にしがみついた指先の力だけが強い。

――絶対に放さないように、と。

その意志の強さ、必死さを見るようで、なぜか碧を微笑《ほほえ》ました。

腕の中の重みが確かな命の存在を教え、子供の高い体温が肌に沁《し》みこんでいく。

冬にしても、さほど寒さを感じることのない死神だったが、それはどこかやわらかく、身体の奥から何かを満たしていくような熱だった。

「もの好きだな…」

やれやれ…、となかばあきれたように左卿がため息をつく。

「捨てネコを拾うとあとがつらくなるぞ」

その時の左卿の忠告は、おそらく正しかったのだろう。


――それは十五年前の、ある真冬のことだった……。

◇

◇

「日向さん、真冬《まふゆ》って本名なんですか？　きれいな名前ですよねー」

どこか鼻にかかった甘えるような女の声が、聞くともなく背中から聞こえてくる。

まだ若い、モデル仲間、というところだろうか。

「寒そうだけど？」

ハハハ…、と聞き慣れた声が、軽くそれに答えていた。

溌溂《はつらつ》とした、それでいてやわらかく、耳をくすぐるようなトーンだ。

クリスマスにはまだ十日ほど残した夜、あるファッションブランド主催のクリスマス・パーティーが豪勢に開かれていた。

一夜きりのパーティーのために洋館を借り切り、床から天井から壁から、そして庭までもさまざまなイルミネーションやふんだんの布、グリーンや生花で飾りつけられている。

どうやら今夜のテーマは「動物園」らしい。サンタの姿をした動物のぬいぐるみがあちこちにあしらわれ、ミュージカルのような派手な動物の特殊メイクをしたエキストラや、動物の着ぐるみが会場を盛り上げている。

招待客は当然ながら、このブランドの衣装に身を包み、碧もこの日のためにスーツを一式、真冬から押しつけられていた。

もともとは女性向けのブランドで、しかし近年メンズ、そしてカジュアルへと進出してきたらしい。

真冬がモデルとして関わっているのも、そのメンズ・カジュアル部門だ。

十五年前、碧の拾った発育不良気味の吸血鬼は、当時四つだったようだ。泣き虫だったちびはあっという間に十九歳になり、生意気に碧の身長を追い抜いていた。

百九十に近い長身と、いくぶん甘めのマスクで、大学へ入ってからモデル事務所にスカウトされ、そこそこ露出もあるらしい。

碧にはあまり興味もなく、どのくらい人気になっているのかもわからなかったが。

本当は碧は、こんなパーティーに出るつもりなどなかったのだが、真冬が未成年だということで無理やり同伴させられたのである。

まあしかし、すでに大学の授業料などはすべて自分でまかなっているので、仮の保護者としては手が離れてよかった、というところだろうか。

――本当にでかくなったよな…。

と、碧は通りすがりのウェイターのトレーからカクテルをとる間際、ちらりと背後に視線をやった。

タレントかモデルか、若い女の子が数人群がる真ん中に、頭一つ分高く、ポスターでも見かける真冬の横顔が飛び出している。

小さい頃はすぐに熱を出したり、夏の日射しが強すぎると体育の授業中に貧血を起こして意識不明になったり。生意気盛りの中学生の頃は、それなりに反抗期だとか、……まあ、自分の存在理由について悩んだ時期もあったようで、なんだかんだと育てるには結構、苦労したものだ。

いや、もともと育てよう、という気概があったわけではなく、拾ったのは本当に気まぐれにすぎなかったのだが。

手がかかるたび、何度公園か橋の下に捨て直してこようかと思ったかわからない。

しかし本能的に、なのか、その気配を素早く察して、真冬はぴーぴー泣いてとりすがってきた。

『いい子になるからっ。碧の邪魔にならないようにするからっ』

だが根がやんちゃだったせいか、懲りずに問題を起こしては、碧が学校に呼び出されたことも一度や二度ではない。

碧は、真冬がとりあえず普通の人間と同じ生活を送れるように、書類を偽造して進学などには支障がない状態にしていた。自分との関係は、さすがに親子には見えないだろうから、兄弟という形にして。

現在、碧は某私大の講師——という肩書きを、人間界では持っている。

特に仕事が必要なわけではなかったが、あれば便利だし、子育ての真似《まね》事をしている以上、無職ではかえってめんどくさい。

碧は、真冬に対して嘘をつくことはしなかった。

はっきりと、おまえは吸血鬼だ、と教えていた。普通の人間とは違うのだ、と。

小学校の六年だっただろうか。真冬が真剣な顔で、尋ねてきた時に。

もちろん、それまでも真冬は自分が他の子供とはどこか違うことを、薄々は感じていたのだろう。ただもっと小さな頃は、恐くてそれが確かめられなかったらしい。

しかし純正ではないし、真冬が誰か人間の血を吸っても、相手が吸血鬼になるわけではない、と碧は説明してやった。

ただ夜型人間以上に夜が——特に満月の夜は強いとか、銀に触れるとやはり少し炎症が出てしまうとか。

血に対する渇望は、年とともに収まっていった。理性が働くのと、子供の頃の方がやはり強く本能が出るのだろう。

今でもたまに、体調が悪い時とか、ひどく落ちこんでいる時などは、薬代わりに碧の血を吸うことはあったが。

量は必要ないが、そうすると精神的に落ち着くようだった。

血が吸いたい時は、大きな図体で、今でも真冬は甘えてくる。

碧は、自分も人間ではないことを教えていた。冥界から派遣されている、いわゆる「死神」だと。

『だったらいいや』

真剣な顔で碧の説明を聞いていた真冬は、そう言ってホッ…と安心したように笑った。

『碧も違うんならいいや』

拾った吸血鬼に、真冬、という名前をつけたのは碧だった。それこそ、真冬に拾ったから、という安直な理由で。

もちろん、親のつけた本当の名前はあるのだろう。四歳にもなっていれば、当然覚えていたはずだが、言いたくなかったのか、真冬は口にしなかった。

『勝手につけるぞ』

と、あきれて言い渡した碧に、真冬はうれしそうにうなずいていた。

「日向で真冬なんだ。おもしろい〜っ」

「暖かいのか寒いのかわかんない名前ねー」

女たちの甲高いさえずりが耳につき、碧はいくぶんうんざりする。

「俺は気に入ってるんだけどね。……大好きな人がつけてくれた名前だから」

背を向けている碧に、真冬はその言葉が聞こえているのを意識しているのだろうか。

いや、むしろ聞かせているのかもしれない。

ふっと、その眼差しがうなじに触れるのを感じる。チリッ…、と、その部分だけが焼けるように痛む。

碧は、しかし聞こえていないふりで、目の前の男と内容のない会話を続けていた。

真冬の所属する事務所の社長だとかで、およそモデル事務所とは縁のなさそうなハゲオヤジである。

「いやぁ…、ありがたいことですよ。この間のポスターもずいぶん評判がよかったですしね。なによりあの難しい波多野《はたの》先生が真冬くんのことをすごく気に入ってましてねぇ」

「それはどうも」

わざわざ挨拶《あいさつ》をしに来て、満面の笑みでまくし立てる男に碧は適当な相槌《あいづち》を打つ。

有名なカメラマンかデザイナーか何かなのだろうが、碧にはまともな認識もない。当然、うれしいとかありがたいとかいう感情も湧《わ》きようがなく、相手はいくぶん鼻白んだ様子だった。

「……ええと、その…、実は写真集の話も出てるんですよ」

「そうなんですか」

「どうですか、お兄さんとしては?」

身を乗り出すようにして尋ねられ、碧はさらりと答えた。

「かまいませんよ。真冬がよければ」

真冬の仕事に口をはさむつもりはない。自分の好きなようにやればよかった。

そう…、すでに碧がいちいち面倒を見なければならないような年ではないのだ。

そんな会話の合間にも、背中からは何人もの女の声が聞こえてくる。

真冬自身、こうした集まりに顔を出すことが少ないせいもあるだろうし、このブランドのポスターが貼《は》り出されてからのここひと月ほどで一気に顔が売れたせいだろうか。

今夜は、パーティー会場に入ったとたん、あっという間に囲まれていたのだ。

さりげなく野性味を感じさせる色気と、同居する気取りのない不思議な人懐っこさ。

何に臆することもないような、まっすぐな眼差し——。

近よりがたくはないが、踏みこむのは難しい。そんな雰囲気だろうか。

性別や年齢を問わず、幅広い支持があると聞いている。

「冬が好きなんですかぁ？」

「うん。実は寒いのは苦手なんだけどね。……あ、飲み物、もらおうかな」

「ああ、もらってあげるわよ。何がいい？」

少し年上っぽい女性の声。

「トマトジュース」

「えー、またトマトジュース？　真冬くんってトマトジュース、好きだよねー」

舌足らずな女の声。

「ニセモノの吸血鬼だから」

すかして答えた真冬の言葉に、きゃはははっ、とにぎやかな笑い声が弾ける。

——何を言ってるんだか……。

碧はこっそりとため息をついた。

「……ってずっと思ってたんですよ。どうですかね、お兄さん？」

「——は？」

と、背中での会話に気をとられていた碧は、話していた男の言葉を聞きもらしたらしい。

「絶対、いけると思うんですけどねえ」

「はあ…、そうですか」

勢いこんで言われたが何のことかわからず、碧は曖昧《あいまい》な笑みを浮かべたまま、適当に答えた。

が、それが悪かったらしい。

「えっ？　じゃあ、お兄さんもまんざらじゃないってことですか？」

意外そうな、しかし何かを期待するようなその表情に、碧はとまどった。

いったい何の話だろうか…？

それにしても、この男に「お兄さん」呼ばわりされるのはゾッとしない。

「社長ー、ダメですよ」

と、その時、さっきまで少し遠かった男の声がいきなり耳元で響き、碧は思わず、ドクッと身を引いた。

いつの間にか背中に張りついていた真冬が、何気ない様子で碧の肩に腕をまわしてきた。

……兄にじゃれつく弟、そのままに。

「あ…」

その感触に、碧は一瞬、小さく息を呑んだ。

わずかに身体が強張るのを感じる。碧は意識してゆっくりと息を吐き出した。

別にどうということのないスキンシップだ。兄弟としては、めずらしくもないほどの。

「やめてくださいよ、碧をスカウトするの」

「……スカウト？」

どうやら、真冬の方がまともにこちらの話を聞いていたらしい。

そんな話とは思いもよらず、思わず碧はくり返した。

「いや、しかしねぇ…。美形の兄弟モデルというのはすごいウリだよ？　真冬くんとは微妙にターゲット年齢が違っているのもいい。もちろん、お兄さんは時間に余裕がある時だけでぜんぜんかまわないわけだしさ」

「だーめーっ。碧を引っ張り出す気なら、俺が仕事、辞めますからね」

「お、おい…、真冬くん！」

これから事務所を挙げて売り出そうという新人の生意気な言葉に、社長があわてた。

背中からなかば抱きしめられるような体勢で、碧はさりげなくその腕を外しながら、ため息混じりに言った。

「……真冬。冗談に決まってるだろう？　そんな年じゃない」

碧の年齢は、現在、公称で二十八、ということになっている。

「いやいや。今はかなり需要も年齢別に細分化されてますからね。二十代後半から三十代をターゲットにした雑誌なら、お兄さんくらいの落ち着きがほしいところですよ。社会的なステイタスのある、おとなのメンズ雑誌を考えても……」

社長はさらに饒舌《じょうぜつ》になっていたが、ふと真冬の物騒な視線に気づいたようで、急いで言葉を継いだ。

「……ええと、いやあ、本当に本気ですが…、まあしかし、大学の先生に頼むことではないですな」

頭をかいて、はっはっ、と笑ってごまかす。

「それにしても、兄弟なのに真冬くんとはぜんぜんタイプが違うんですねえ」

二人を見比べて言う社長に、碧は静かに答えた。

「年が離れていますから」

「ああ…、そういえば真冬くんはお兄さんに育ててもらったんでしたな。お兄さんっ子なはずだ」

　得心したようにうなずき、社長は碧の後ろの真冬に視線を移す。

「じゃあ私は挨拶してくるから。真冬くんも早めに先生には顔を見せておいてよね」

　そう言い残すと、ではまた、と碧にも頭を下げて、社長はせかせかと会場の奥へとまぎれていった。

　ハーッ…、と耳の後ろで真冬が大きく息を吐き出す。

　その吐息が首筋に触れ、碧は一瞬、目を閉じた。

　肩に懐いている真冬の腕の重さ。体温が身体に沁みこんでくる。

「……まったく。社長も何を言い出すかと思ったらさ。碧も社長の口車に乗って、うっかりその気になるなよ？」

　分別くさく忠告してくる九つも下の――いや、実際にはもっとずっと下なのだ――男に、碧は冷ややかな眼差しを肩越しに送った。

「おまえはその口車に乗ってモデルをやってるんじゃないのか？」

「あの社長、アレで結構なやり手だからさ。……って、碧、マジでモデルなんかやる気があるの？」

　不安げに、うかがうように聞かれて、碧は軽く肩をすくめた。

「あるわけないだろう」

それにホッとしたように真冬が笑った。うんうん、と腕を組んでうなずく。

「碧には無理だよ、こういう世界は。めんどくさいつきあいもあるしさ。いつでも愛想、よくしてないといけないし」

ガキが一人前なことを…、と碧は心の中で鼻を鳴らす。

「あ、むこうに天ぷらがあるんだって。食いに行こうよ。碧、好きだろ?」

と、碧の内心にかまわず、真冬が碧の腕を引いた。

「俺、なんか天ぷらはうまく揚げられないんだよなー…」

眉をよせ、ちょっと悔しそうにぶつぶつとつぶやく真冬が、今ではほとんど家で料理を作っていた。腕前は、そこそこ、というところだろうか。

「おまえは衣をかき混ぜすぎなんだよ」

「碧は批評ばっかりで、食べる専門なんだからな」

碧の指摘に、真冬がちょっと口をとがらせる。

「社会学習と情操教育の一環だ」

「ハイハイ」

微妙に痛いところを突かれ、むっつりと言い返した碧の言葉を、真冬は肩をすくめて受け流す。

ポンポンと言いたいことを言い合える……いい兄弟、なのだろう。端から見れば。

料理だけではなく、昔から掃除や洗濯なども真冬がやっている。

別に家事が趣味というわけではないだろうが、碧が意外と、何もかもおおざっぱだったせいで、そばで見ていた真冬の方が、自分でやらないと、という危機感に目覚めたのかもしれない。

……まあ、面倒を見てもらっているから、という殊勝な気持ちもあったのだろう。

もっと小さな頃は、やはりまた捨てられたくない、という本能が働いて、碧の顔色をうかがうように「お手伝い」をしていたようだが。ただその頃は邪魔になることの方が多く、碧は結構邪険に扱っていたものだ。

別に卑屈になる必要はないが、しかしそれにしても、いつの間にか図太い性格に育ってしまった気がする。

「あっちはいいのか？　ずいぶんモテていたみたいだが」

碧の肩を押して奥へ行こうとする真冬に、碧はちらっと背後の女たちを顎で指して尋ねた。

真冬の後ろの方では、少し距離をおいて、女たちがいくぶん手持ちぶさたにこちらの様子をちらちらとうかがっていた。

さすがに「兄弟」の間に割りこんでくる度胸はないのだろう。あるいは、そのタイミングを計っているのか。

さりげないその視線はこちらの一挙一動をうかがっているようで、いくぶん殺気だったものさえ感じる。

いや、碧に、ということではなく、まわりへの牽制《けんせい》で、だろう。視線で人が殺せたとしたら、死神としてはかなりいそがしい思いをすることになるんだろうな…、と碧はちょっとため息をついた。

「そろそろ逃げたいんだよね」

が、さっきまで話していた女たちを横目に、真冬が世の彼女のいない歴の長い男が聞けば背中から刺されそうな言葉をさらりと吐く。

そして、ふっと思いついたように碧の顔をのぞきこんできた。

「あ。妬《や》いてる？　碧」

「……どうして私が」

脳天気に聞かれて、碧はあからさまに白い目を向けてやった。

ちぇーっ、と真冬が唇をとがらせる。

それでもいくぶん強引に碧の腕を引くようにして、奥のビュッフェのあたりへと進んでいった。

「おまえ、そのなんとかいう先生に挨拶に行かないといけないんじゃないのか？　写真集とかも作るんだろう？」

なかば引きずられるように足を動かしながらも、碧はうながしてみる。

今夜のパーティーは、いうなれば、真冬にとっては営業のようなもののはずだ。義理も礼儀も、そして顔を売るチャンスでもある。

　自分は別に真冬に張りついていてもらわなくても、……まあ、退屈ではあるが、困るわけではない。むしろ、真冬にはさっさと用をすませてもらって、早く家に帰りたいところだ。

「まだ決まってないよ。……て言うか、碧はいいの？　俺がヌードになってもさ」

「ヌードなのか？」

　さすがに驚いて足が止まった碧に、真冬がふっとふり返る。そしてちょっとうかがうように碧を眺めた。

「違うけど。でもテーソーの危機に陥るかもしれないだろ？　波多野先生ってそっちの人だって噂だし」

　思わず、肩から力が抜ける。短く息を吐いて、碧は冷たく言った。

「勝手に陥ってろ」

「冷たいなー。――あ、待ってて。俺、とってくるから」

　ぶつぶつ言いながらも、結構な人だかりになっていた一角を眺め、碧を残したまま、その中にまぎれていく。

　そのまっすぐに伸びた大きな背中に、碧は知らずため息をついた。

　このところ少し、真冬と話すのに身構えてしまう。

　その理由は……多分、わかっていたが。

「碧」

と、ふいに呼びかけられた声に、ハッと碧は顔を上げた。

「左卿」

見慣れた悪魔の顔が、近づいてくる。

左卿は現在、碧と同じ大学で教鞭《きょうべん》を執っており、まさしく同僚ということになる。経済学が専門で、なかなかの人気講師だ。

講義自体もユニークでわかりやすいが、一番の要因はやはり大学講師にはあるまじき、男ぶりのよさとファッション性だろう。

よお、と彼は片手を上げた。

「真冬のお供か?」

左卿も、真冬がこのパーティーを主催するブランドのモデルだということは知っているようだ。

碧はそれに軽く肩をすくめて見せた。

自分がオマケみたいに言われることに、いささか憮然《ぶぜん》としつつ。

「めずらしいな。おまえがこんな人の集まる場所に顔を出すとは」

死神である碧には、人の死期が見える。

もちろん数十年も先の人間ならば気にもならないが、時折、死がすぐそばまで来ている人間に遭遇すると、やはり重いものを感じてしまう。

だから、あまり人の多いところに出るのは苦手だった。

それが運命だ――、と割り切ることは簡単だったはずだが。

死神にとって人の死は日常なのだから。

「おまえは相変わらず、にぎやか好きだな」

碧とは逆に派手好きな悪魔は、あっちこっちといろんなパーティーにもよく顔を出しているようだ。

「どこにいい獲物が転がってるかわからないからな」

ニッと笑って左卿が言う。

いい獲物――というのは、いい魂、という意味で、しかしそれは人の善良さということではない。

もちろん、それも指針の一つだが、むしろ剛胆さ、というのだろうか。生命力。それに価値があるらしい。

天使や悪魔は、常にアンテナを張り巡らせ、そうした魂の情報収集に努めている。

死神にとっては、誰であっても死は死であり、それ以上のものではないのだが。

「それにしても、あのガキもいっちょまえに育ったよなあ…」

顎を撫でながら左卿がうなる。どうやらこの男にも、そんな感慨はあるらしい。

十五年前に碧が真冬を拾ってからも、左卿は時々、碧の家をふらりと訪れていた。

真冬のことを可愛がっていた、というよりは、からかっていた、という方が正しいが、左卿なりに真冬のことは気に入っているのだろう。気に入らなければ、無視するだけの男だ。

……もっともそのひねくれた感覚は、どうやら真冬には通じていないようだったが。

真冬が何かいたずらをして、碧に叱られている場に行き合わせるたび、「捨ててこいよ」と口を出すので、真冬は左卿の顔を見ると、毛を逆立てるネコのように臨戦態勢をとっていたものだ。

「いいヒマつぶしになったか？」

にやりと笑っていくぶん意味深に聞かれ、碧は軽く肩をすくめた。

「まあ…、な」

いいヒマつぶし。そう…、その程度のことだったはずだ。

時に、それ以上の煩雑さはあっても。

面倒くさくなれば、本当にまた捨ててくればいい、という程度の気持ちだった。

それでも十五年。今まで面倒を見てやったのは、真冬がしがみついて離れなかった、というだけだ。

家の外に放り出しても、うっかり手を上げてしまった時でも。

あの時に碧が言ったしぶとさを見せて、真冬は必死に食い下がってきた。

「そろそろ、問題になるんじゃないのか？」

さらりと何気ないように聞かれ、一瞬、息をつめた碧は、しかし何も答えなかった。

問題——というほどのことはない。はずだった。

——ただ……。

本当は、「吸血鬼」は碧たち死神にとって、天敵のような存在だった。

死神は「死者」を作る。

が、吸血鬼は「生きた死者」を作るのだ。

死神の管理する、データ上の誤差の多くは、吸血鬼の仕業である。歴史上、ずっと。

真冬に、そういう意味で「繁殖能力」がないとはいえ、碧が吸血鬼を育てているということは、死神仲間にとってみればおもしろくはないはずだ。

「さっき、赤羽《あかば》の顔を見かけたぜ」

と、左卿のその言葉に、碧がわずかに眉をよせた時だった。

「……なんであんたがここにいるんだよ？」

と、いきなり憮然とした真冬の声が聞こえてきた。

どうやら無事に天ぷらをゲットしてきたようで、小さなトレーにのせられた小椀には、色のよい衣が見える。

その目がにらんでいるのは、碧の横に立っている左卿だった。

「いちゃ悪いか？　俺はここのブランドの上得意様なんだよ。ご招待なの。おまえみたいにお子様部門じゃなく、オトナのメンズ部門の方のな」

あからさまに挑発するような口調で言いながら、にやりと片頬で笑った左卿は、確かにこのブランドのスーツをクールに着こなしていた。

顔のよさと体格のよさも相まって、そのままポスターに使えそうなくらいの見事な着こなしに、さすがの真冬も反論できないらしい。

真冬は、左卿の正体も知っていた。

昔からことあるごとにいじめられた左卿のことを、今でも結構、恨んでいる……というより、むしろ、あまり他人との交流のない碧が左卿とは親しい、というあたりに引っかかっているのかもしれないが。

『よ。真冬』

と、床のあたりから響いてきた声に、ふっと真冬の視線が下がる。

「吉宗」

そして、左卿の足下にいた黒ネコの姿に、わずかに大きく目を見開いた。顔を上げて、眉をよせる。

「いいのか？　ネコなんか連れてきて」

「勝手についてきたんだよ。ま、テーマが動物園だからな。見つかりそうになったらぬいぐる

みのフリくらいできるだろ」

左卿が無責任に肩をすくめる。

……しかし、動物園にネコがいるとは思えないが。

『うまそーだな、それ』

真冬が手にした天ぷらをめざとく見つけ、吉宗が舌を出してねだるみたいに喉を鳴らす。

「だーめ。これは碧のだって」

しかし冷たく言って、真冬はトレーを碧の前に差し出した。

「はい。マイタケとエビとシソ」

「ああ…」

碧の好みを知っている真冬は、浅く天つゆの入った皿の一つに、それらを入れてくれている。

碧はその皿と、箸《はし》を手にとった。

『俺はハモとか、アナゴが食いたいな。白身魚かイカでもいいぞ』

「ゼータクだな…」

懲りずにほざく吉宗に、真冬が自分にとってきていた分だろう、白身魚の天ぷらを指でつまんで落としてやる。

吉宗はそれをタイミングよく口でキャッチして、うまそうに嚙みついた。

真冬は、左卿とは仲が悪いが、吉宗とは案外、いい友達らしい。

まったく、初めて会った時はあんなにいじめられていたのに。

「……そういやおまえ、俺がセーブしといたゲーム、勝手に終わらせただろ?」

『真冬がトロいからだろ。待ってたらいつまでたっても終わらないしさ』

「ちょっといそがしかったからだろっ。ネコの手も借りたいくらいなっ」

『いつでも貸してやるぞ?　時給千円』

シシシシシッ…、と吉宗が笑う。

白身魚の天ぷらを食べた口を前足でぬぐい、食べ足りないように舌をぺろぺろさせながら、その肉球で真冬の足をポンポンとたたく。

吉宗との会話には指向性があるようで、吉宗自身が聞かせたいと思う相手としか成立しないようだった。まわりの人間には、会話が耳に届いたとしても、真冬が一人でしゃべり、ネコがにゃあにゃあ鳴いている程度にしか聞こえない。

吉宗も意外と真冬に懐いていて、左卿がいなくてもよく真冬のところに遊びに来ているようだった。というか、吉宗には真冬は弟分のような感覚らしい。

いや、世間的にはむしろ、吉宗は真冬のネコだという認識なのだろう。

というのも――。

「あっ、真冬くん!　いたいた!」

「――んぐ…っ」

突然女の声が背中から響いたかと思うと、いきなり肩をつかまれ、真冬は食べかけていたエビを喉につまらせる。

「何やってるの！　暢気《のんき》に食べてる場合じゃないでしょ。……あら、いやだ、碧さんもいらしたんですねっ。……あれ？　まあ…、こんなところに吉宗を連れてきているの？　困ったわねえ」

かなりのテンションで百面相しながらまくし立てたのは、碧も何度か会ったことのある真冬のマネージャーだった。塚地理緒子《つかちりおこ》という三十を過ぎたくらいの、小柄な女性だ。

「だから吉宗は俺のネコじゃないし、俺が連れてきたわけでも……」

トントンと拳《こぶし》で胸をたたきながら、真冬がぶつぶつと反論するが彼女の耳に聞こえているフシはない。

「夏月《なつき》先生はいらしてないのかしら？　招待状はお送りしたはずだけど」

「じゃ、来てんじゃないの？　あいつ、うまいモン食うことだけは見逃さねーから」

「ご一緒だとよかったんだけど…。メディアも来てるし。でもこの人混みじゃ、ちょっと捜せそうにないわね。……じゃ、いいわ、吉宗で。さ、来て。早くご挨拶しないと！」

どうやら真冬にゆっくり天ぷらを楽しむ余裕はないらしい。

『……俺は代わりか』

なぁご、と低く鳴き、不機嫌に吉宗が鼻を鳴らす。

「来なくていいぞ。おまえ」

身をかがめて、ボソッ、と低く言った真冬に、吉宗は軽く首をまわした。

『行く。何かおもしろいかもしれねーから。デザイナーとかカメラマンとか、ヘンなヤツ、多いしなー』

「いきなり相手に飛びかかったり引っかいたりするなよ。俺の立場ってもんがあるんだからさ」

『シシシシシ』

吉宗が意味ありげに鳴いてみせて、ぴょん、と真冬の肩に飛び乗った。

「っと…」

一瞬、バランスを失った真冬から、碧がトレーを受けとってやる。

「ちょっと借りる」

一応、飼い主である左卿に憮然とした顔で断り、吉宗も『んじゃっ』と挨拶代わりに前足を上げた。

「ほら、急いで！　むこうも会いたがっているんだから、待たせたら失礼だわ！」

吉宗の声は聞こえていないのだろう。

せかせかと理緒子が真冬の腕をとった。

「──あっ、碧！　待っててよ！　先、帰んないでよっ」

叫びながらずるずると引っ張っていかれる真冬に、意地悪く左卿が碧の肩を抱きながら手をふる。

「心配するな。碧のことはしっかり俺が見ててやるよ」

「なに…っ」

「ほら！　こっちよ！」

一瞬、表情を変え、足を止めかけた真冬だったが、仕事熱心なマネージャーの腕力はそれ以上だったらしい。

もがきながらも真冬の姿が人混みにまぎれ、碧はため息をついて、肩に乗ったままの左卿の手を邪険に払い落とした。

「子供相手につまらない挑発をするな」

「だって、おもしれーもん」

左卿がへらへらと笑う。

「あいつ、昔から俺のこと、警戒してたからさ。俺が碧をとってくんじゃないかって心配なんだよな」

「また捨てられるのが怖いだけだろう」

もう捨てる捨てない、という年でもないくせに。

「夏月先生ってのは、例の漫画家か？」

左卿が碧の手から天ぷらの小椀がのったトレーをとり、真冬の分だった天ぷらをつまみながら尋ねてくる。

「漫画家じゃなくて、イラストレーター…、だと思うが。いや、童話作家…、絵本作家かな」

碧もいくぶん曖昧に首をひねった。

マネージャーが捜していたのは、戸嶋《とじま》夏月――という、真冬とは中学から同級生の女の子だ。美人とは言えないが、小柄でスレンダーな可愛い子だ。ショートカットのよく似合う、ボーイッシュなタイプだった。明るく、さっぱりとした性格で、家にもよく遊びに来る。

真冬とは気が合ったらしく、ずっと仲がよかった。今の大学まで一緒なのは、やはり相談したからだろう。

とは言っても、彼氏、彼女の関係というわけではないらしい。

いつからかはわからないが、夏月は真冬の秘密を知っていた。

――真冬が、吸血鬼の血を引いているということを。

何かの拍子に悟られたのか、あるいは真冬自身が打ち明けたのかもしれない。

それだけ信頼しているということだろう。

イラストを描くのが趣味だった夏月は、真冬をモデルにハーフの吸血鬼の物語を書いた。イラストが多く、絵本のような短い話だ。

人間社会の中で、いろいろと悩んだり、怒ったり、泣いたり……そして笑ったりしながら一生懸命生きていく吸血鬼の少年の話。

その吸血鬼は、コウモリではなく黒ネコを連れていた。

……当然、吉宗がモデルだ。家に遊びに来た時、しょっちゅう真冬とつるんでいる吉宗を見ていたのだろう。

もちろん、夏月は碧や吉宗の正体は知らなかったが。

夏月はその話をインターネットで公開した。

それが口コミで話題となり、大きくとり上げられ、ちょうど真冬がモデルとして露出が多くなり始めたことと重なって、一気にブレイクしたのだ。

あっという間に真冬と吉宗をモデルにした吸血鬼と黒ネコのイラストはグッズ化され、絵本――なのかイラストブックなのか――が出版されてベストセラーとなった。

真冬も、そして夏月自身も、そのことにとまどってはいたようだったが、さほど舞い上がることもなく、それなりに状況を楽しむ余裕があるようだった。

真冬はともかく、夏月もなかなか太い神経をしている。

まあ、そうでなければ「吸血鬼」という話を信じることも、それを受け入れることもできないだろうが。

「いいのか？　吉宗はあんなに顔が売れて」

「黒ネコってだけで、顔の区別がつく人間はそういないだろ」

尋ねた碧に、左卿は軽く肩をすくめる。

まあ、それもそうだ。

「……で、赤羽が来てるって？」

食べ終わった小椀を通りがかったウェイターに引きとらせ、碧はさりげなく真冬がもどってくる前の話にもどした。

「あいつとエリア、かぶってるんだったか？」

「微妙に、な…」

碧は小さくつぶやく。

赤羽というのはやはり死神で……いわゆる同僚なのだが、実のところ、あまり仲はよくない。

まあ、現在同じような立場にいるので、ある意味ライバル関係であり、冥界へ帰ってからは委員会でのポジション争いをすることになるのかもしれないが…、しかし碧にはあまり興味のあることではなかった。

ただどうやら、むこうとしてはそうでもないらしい。

こんなに人が大勢集まるところには、たいがい何人か、人ならぬ者が混じっている。

死神も、悪魔も、おそらくは天使も。

天使や悪魔は、これから死にそうな大物――の魂を持つ者――をチェックしているのだ。

赤羽と碧とは担当エリアが違うわけだが、隣接していればこんな場所で顔を合わせる可能性もある。

そういえば、このパーティー会場になっている場所は、ちょうどおたがいの持ち場の重なる部分だった。

死者が出る場合、どちらが処理してもかまわない、という。

「……と、噂をすれば、か」

左卿が低くつぶやいたのに、碧もその視線の先に目をやると、見覚えのある顔が近づいてきていた。

人が「死神」と聞いてイメージしそうな、ひょろりと痩せた男だ。顎のラインがかなり細い。見かけの年齢としては、碧より四、五歳上、というあたりだろうか。

全身黒のスーツは、いかにも、という感じではある。

「これは…、碧さん」

なまじ丁寧なもの言いが、かえって不遜《ふそん》な雰囲気だった。

「いかがですか、仕事の方は？」

空々しく微笑みながら尋ねてくる。

「変わりばえもなく、というところですよ」

碧も感情のない笑みを浮かべたまま、静かに答えた。

「それは重畳《ちょうじょう》」

それにゆったりとうなずき、赤羽がちらりと横の左卿に視線を流す。

「相変わらず、いろんなつきあいがあるようですね」

「社交的なもので」

さらりと答えた碧に、左卿が、ぶっ、と小さく噴いた。

実際、碧は社交的とは対極にある生活ではある。まあ、もともと死神に外交的な性格の者は少ないが。

「……時に、妙な噂を耳にしたのですが」

そんな皮肉に顔色も変えず、赤羽は淡々と続けた。

「あなたが吸血鬼を飼っているという」

その言葉に、碧はわずかに目をすがめた。

もう十五年も面倒をみているのだ。今さら「噂」もないものだが、……まあ、死神同士で横の連携があるわけではなく、ふだん無関心であれば、そんなことはどうでもいいのだろう。

第一、碧が面倒をみている子供が吸血鬼かどうかなど、接触しなければわからない。そして死神は、基本的に他の同僚のエリアのことには無関心だった。

こんなところで顔を合わせる以外、ふだん交流があるわけではない。

ただ真冬の露出が多くなったことで、いくぶん目障りに思っている死神は少なくないのだろう。

まして、碧が保護者となると。

しかしこの男の、「飼っている」という言い方は気にくわなかった。

碧が自分で言うのはいい。食料を与え、ここまで育ててやった自分だけに、言える権利がある。他人に言われたくはなかった。

「あなたの立場から言えば、あまり感心することではないですね」

薄笑みを浮かべて言った男に、碧は冷ややかに返した。

「あなたに私の立場を心配していただく必要はない」

「これは失礼」

わずかに眉を上げ、ひょうひょうと言った口調が気に障る。むろん、計算して言っているのだろうが。

「しかし吸血鬼など害虫にも等しい生き物。わざわざ飼おうなどと気が知れませんな」

害虫——という言葉に、一瞬、碧は息をつめる。

喉元まで膨れ上がった感情を呑み下し、押しつぶして、ただ低く答えた。

「別にあなたに迷惑をかけていることでもないはずですが」

「今後ともそう願いたいですな」

そう言うと、それでは、と軽く会釈を残して、男はくるりと背を向けた。

「……いいのか？」

ちらりとそれを見送って、左卿が首をかしげた。

「いいも悪いもないだろう。今さらだ」

碧は淡々と答える。

死神――といっても、その仕事にはさまざまな分担がある。

実際に死に際をみとる者……いわゆる死の鎌《かま》で肉体と魂を切り離す役目を負う実働部隊や、「幽霊」のような迷った魂を監視する者。たまに、人間の中でも特別な能力を持つ、陰陽師《おんみょう》だとか退魔師だとかいう連中とややこしいことになる場合もあり、交渉の役目を担う者や、それが決裂した場合の――戦闘部隊もある。

が、碧がいるのは、そんな実働的なポジションではなく、エリア内でそれらの役割の者を統括する立場だった。

いわゆるエリア・マスターで、総括的な死者の管理も行っている。

冥界の委員会で定められた運命の通り、担当エリアの「死」をカウントし、その魂が天界に行くか魔界へ行くかを確認して登録するのだ。時に、天使と悪魔の争奪戦になるような魂がある場合には、その結果を見届ける。

あるいは、バグのように予定にない突発的な死や生、あるいは「死せる生」がもたらされる場合があり――それこそ吸血鬼とか、人外の手が加わるケースも多いのだが――それを防ぐこともと仕事の一つではある。

そういう意味で、確かに、碧が今、手元に半吸血鬼である真冬をおいているということは、ちょっと微妙な問題なのだ。

が、だからといって、真冬自身が死神の仕事の邪魔になっているわけではないはずだった。

「……まあそれに、私が人間界にいるのも、もうあと数年だろうからな」

「そうなのか？」

碧の言葉に、ふっと左卿が顔を上げる。

人間界への出向というのは、死神にとって一つのステップだった。一定期間の務めを無事に終えて帰れば、さらに上のポストが待っている。

正式な知らせはなかったが、碧の任期もあと二、三年というところだろうか。

真冬の保護者でいるのも、それまでだ。

もう、拾っただけの責任は十分に果たしたはずだった。

真冬も、エサを自分でとれるくらいに成長したのだから。

「残念だなー。魂の情報の横流しがしてもらえなくなる」

とぼけたように、しかし意味ありげに言った左卿を、碧はちらりと横目にした。

「した覚えはないが？」

淡々と指摘した碧に、左卿はあっさりとうなずく。

「そうだな」

もちろん、それは重大な規則違反だし、背任行為だ。左卿が、それを期待して自分とつきあっているわけではないこともわかっている。

ただ、そんな噂を碧も耳にしていた。

ここ数年、横流しがされているのではないか、と。

冥界の委員会からは特に何も通達はなかったから、死神たちの間での噂ではなく、天使や悪魔たちの中でささやかれているものらしい。

むろん、流しているのは死神だろうから、碧としても気になってはいたのだが。

「――おっ。あいつ、ステージに上がってるぞ」

ざわざわとずっと前方に設けられているステージのあたりがにぎやかになり、派手な音楽とライトがいっせいに照らし始める。

恰幅《かっぷく》のいい外国人の紳士が中央に立ち、大きな拍手で迎えられている。このブランドの日本支社長だろうか。

さほど長くない英語のスピーチが通訳され、ブランドの「顔」と言えるモデルたちが何人か、壇上に上がっている。

真冬の名も呼ばれ、いっせいにカメラのフラッシュが光った。

よく見えなかったが吉宗が何かパフォーマンスを披露したらしく、おおっ、というざわめきと小さな悲鳴、ついで笑いと拍手が会場を包んでいく。

そんな顔見せも終わって、会場は再び、そこここの小さな集まりになっていた。

ステージを降りたモデルたちはあっという間に囲まれ、真冬もどってくるまでには少し、時間がかかるだろう。

そして左卿と碧とのツーショットは、こんな場所でもなかなか目立つらしく、かなり頻繁に声がかけられる。

左卿は適当に相手をしていたが、碧はほとんど無視する形で、何気なく真冬の姿を捜した時だった。

スッ…、と赤羽の姿が視界の隅を横切る。

ハッとして目で追った碧は、赤羽がまっすぐに向かう先に真冬の姿があるのに気づき、とっさに歩き出していた。

「――あ、……おい、碧?」

怪訝《けげん》そうな左卿の声が背中からかかったが、ほとんど耳には入らない。

しかし人が多く、かき分けて進むうちに、二人の姿は視界から見え隠れする。

視界の先で、赤羽が立ち止まった。真冬の背中だ。

声をかける。

瞬間、碧は息を呑んだ。

自然と足が速くなる。誰かにぶつかったようだが、あやまる余裕もなかった。

真冬が何気なくふり返る。

――何を……するつもりだ……!?

心臓が、一瞬に冷えた気がした。

いや、赤羽が真冬に何ができるというわけではない。

真冬は吸血鬼なのだ。人ではない。その死は、死神の手の中にはないはずだった。

それでも、何を吹きこむつもりなのかと思うと、ムカムカと嫌なものが喉元までこみ上げてくる。

が、ゆったりと談笑しながら歩いてくる数人の集団に前をさえぎられ、碧はいっとき二人の姿を見失う。

そしてつぎに碧が真冬の姿をとらえた時、赤羽の姿はなく、真冬はいくぶん固い、青い顔で会場の端のドアから外へと抜けるところだった。

何か……されたのだろうか？

不安に思いながら、碧も急いであとを追う。

すでに廊下に姿は見えなかったが、おそらくはレストルームだろうか、と思いながら、こちらへと足を向ける。

――と。

「……大丈夫、真冬？　貧血じゃないの？」

角の向こうから聞こえてきた声に、ふっと碧の足が止まった。

聞き覚えのある若い女の声だった。

夏月——だ。

やはり来ていたらしい。

いつも明るい張りのある声が、心配げに沈んでいる。

それに真冬が何と答えたのかは聞きとれなかった。

「……私の血を飲んでもいいよ？　別に真冬に血を吸われても、吸血鬼になるわけじゃないんでしょう？」

が、あえて明るく言った夏月の言葉に、碧は知らず息を呑んだ。

確かに…、真冬の吸血鬼としての力では、人の血を吸ったところで相手を同族にすることはできない。

が、わかっていたとしても、生理的な恐怖はあるはずだった。吸血鬼だということを信じていたとしたら、なおさらだ。

うすうす……碧も気がついてはいた。

親友とか、今の仕事上でのパートナーとか、それ以上の、ちゃんと恋愛としての対象で、夏月は真冬を見ている。ただ真冬にとって、まだ自分が友達以上ではないこともわかっているから、夏月は口にしないのだ。

「いや、いいよ。……悪いな」

大きな息を吐き出しながら、真冬がいくぶん疲れた声で断る。そしてわずかに明るいトーンで続けた。

「夏月にはホント、感謝してるよ。俺のこと、わかっててつきあってくれるんだもんな…」

「何よ、今さら」

ちょっと照れたように夏月が笑う。

「夏月がいてくれてよかったよ。一人、嘘をつかないでいる人間がいると、すげー気が楽だしな」

「おたがいさまよ。真冬のおかげで私だってこうやって、こんなパーティーにも呼んでもらえるんだから」

そんな会話を聞いてから、碧はそっとその場を立ち去って会場へもどった。

胸の奥に、ポツリ…、と穴が空いたような気がした。感じたことのないさびしさがにじんでくる。

もう、真冬に自分は必要ないのだ…、と、安心したような、その事実を突きつけられたような気がした。

ハーフだかクォーターだか、吸血鬼の血を持つ真冬だが、実際には人間とさほど大きな違いはない。

少なくとも真冬は、この世界の存在だった。この世界で生まれ、生きていくべき生き物だ。

だが、碧は違う。

碧にとって人間界は出張先にすぎない。

いずれ……遠くない未来に、碧はここからいなくなる。

よかったのだろう。自分がいなくなったあと、真冬のことを理解してくれる人間はいるのだ。

「おい…、いきなりどうしたよ?」

会場にもどった碧に、左卿がいぶかしげに声をかけてくる。

「いや…」

と、曖昧に首をふり、碧はそっと微笑んだ。

夏月のことは、碧も嫌いではなかった。

元気で、まっすぐで、……時に怖いもの知らずで。真冬と似てるな、と思っていた。

これからも、きっとうまくやっていけるはずだ。

まもなく、真冬たちもこちらにもどってきた。

ざわめきの中でも、遠くから二人の声がはっきりと碧の耳には聞こえてくる。

「……ねえ、碧さんは? 来てないの?」

夏月の、少し甘めに尋ねる声。

「碧、碧、うるせーな」

少しばかりムッとしたように、つっけんどんに真冬が答えているところを見ると、気分もよくなったのだろう。

ケンカをしているわけではなく、いつも二人はこんな感じに会話を交わしている。

「あたりまえじゃん。真冬の顔を見たっておもしろくないもん」

嫌がらせのように夏月が返す。

だがそれは、夏月のポーズだ。わざと、碧に気があるように見せている。

家に遊びに来る時もそうだった。碧に憧《あこが》れている様子で……確かにそれもあるのだろうが、半分以上は、真冬にそんなふうに見せつけているのだろう。

意識的にか、無意識にかはわからないが。

「――あっ、碧さん。こんばんはー」

少しむこうから碧の姿を認めて、夏月が声を上げ、大きく手をふってくる。

飾り気のないショートカットの耳元で、少し大きめのピアスがよく映えている。シンプルなパンツ姿だった。

碧の覚えている限り、夏月はずっとショートカットだ。特にスポーツに打ちこんでいるわけでもないのに。

白いうなじも首筋も、そして喉元のきれいなラインも、くっきりと見える。

……吸血鬼にしてみれば、ずいぶんとうまそうに見えるはずなのに。

碧はそっと息を吐き、そして微笑んで軽く手を上げた。

「あ、左卿先生も来てたんだ」

真冬も夏月も、碧たちがいる大学に進学している。とはいえ、夏月の専攻は違うから特に接点はないはずだが、碧の家で時々顔を合わせるうちに、それなりに言葉を交わすようになっていたらしい。

「どーもー」

と、にこにこ調子よく、左卿も答える。

「夏月ちゃんも今日はおしゃれだね」

仮にも大学の講師なので、夏月は左卿のことをきちんと「先生」と呼んでいる。碧だってそうなのだが、夏月にとっては昔から同級生の保護者、という感覚が強いのだろう。

「ホント？　うれしいっ。わざわざ今日のためにこのブランド、初めて買ったんですよー」

いつもラフな格好が多い夏月だが、今日はスタイリッシュなパンツルックで、シックな黒が基調だ。

「よく似合ってるよ。いつもよりおとなっぽい感じだね」

碧もそう褒《ほ》めてやると、夏月はうれしそうに手をたたいた。

「さすが、左卿先生も碧さんもオトナよねえ…。ファッション業界にいるくせに、褒め言葉の一つも出ないようなヤツもいるのにねえ…」

どうやらそのあからさまな嫌味は、真冬に向けられたものらしい。

期せずして三人の目が真冬に向けられたが、当人はこっちへ来る途中でとってきたらしいプレートに山盛りの料理をかっ食らっていて、夏月の言葉も耳に入っていなかったようだ。

「……ん？　何？」

ただ注がれる視線にきょとんと顔を上げた。

「何でもないわよ」

半分あきれた顔で、憮然と夏月が手をふる。

ようやく腹を満たした真冬が、皿と引き替えにウーロン茶をもらって喉をうるおすのを眺めながら、碧が尋ねた。

「それで、もう必要な挨拶まわりは終わったのか？」

「うーん…、どうだろ。なんか、ラストの盛り上げにサプライズで短いショーをやりたいって言ってたけど。男女ペアで歩かせて、女の子の新作バッグのプロモーションだって」

首をひねって言った真冬の言葉に、碧は大きなため息をつく。

「碧は早く帰りたいんだよな」

くすくすと笑いながら、真冬が碧の背中から抱きついてきた。

「今すぐにでもね」

「でもたまにはいいだろ？　ショーがあるんなら見てってよ。まともに俺のステージなんか見たことないんだし」

　真冬が大きな図体で、ねだるように肩に顎をのせる。

「騒がしいところは好きじゃない。だいたい、家で見られる顔をわざわざ見に出かけるほどヒマでもない」

　冷たく言って、さりげなく真冬の腕を引きはがす。

「ハイハイ」

　真冬が肩をすくめた。

　そんな真冬を見る夏月の眼差しがさびしげで、碧は少し、胸苦しくなる。

　結局、なんだかんだで会場を出られたのは、ほとんどパーティーもお開きになる頃だった。

　大勢の帰り客の流れに巻きこまれるのも、碧には心地悪い。

「送っていこうか？　女の子一人じゃ危ないよ」

　じゃ、またね——と、真冬に手を上げて言った夏月に、左脚が声をかけた。

「あ、いえ、大丈夫です。……ちょっと打ち合わせが入っちゃって」

　それに夏月が苦笑して、肩をすぼめる。

　どうやら仕事関係の人間に会ったらしい。

「あ、牧《まき》センセーのレポートの資料、集めといたから。終わったらまわすね」

「おー。サンキュー」

学生らしいそんな会話を交わして、夏月は碧にもペコン、と頭を下げ、携帯の時計を確認してロビーの方へ向かっていく。待ち合わせをしているのだろう。

遠くなるその背中をなんとなく眺め、視線をもどそうとした時、ふっと、それが目に入った。

夏月の背中に近づいていく、赤羽の横顔が。

「え…?」

と、思った時、赤羽の骨張った指がスッ…、と動く。

夏月の左肩の上でさらりと印が結ばれるのに、碧は思わず息が止まった。

一瞬、あたりの喧噪《けんそう》が遠くなる。

ちらり、と赤羽の視線がこちらに向いた気がした。

――まさか……。

碧は瞬きもできないまま、人混みにまぎれていく夏月の後ろ姿を見つめる。

「碧?　どうかしたのか?」

怪訝そうな真冬の声が、どこか遠くに聞こえていた――。

◇　◇

真冬《まふゆ》の、自分を見る眼差しの変化に気づいたのは、おそらく真冬が高校二年の時だ。中学生くらいの時は、それなりに家でも女の子の話を普通にしていたと思う。クラスの誰々が可愛い、とか、友達の誰々はつきあっている子がいる、とか。

中学の終わりでも、高校一年の頃も、つきあっていた彼女はいたはずだった。いちいち碧《あおい》がそれに口をはさんだことはなかったが、真冬はわりとマメに報告してきたのだ。

あれは、高校一年の秋だっただろうか。新学期が始まってまもなくだった。秋晴れの祝日、午前中から出かけていた真冬が早々と夕方前に帰宅したのに、碧は怪訝《けげん》に尋ねた。

「どうした？　デートじゃなかったのか？」

しばらく前に告白され、どうしようか考えていたようだが、ともかくつきあってみる、と言っていた。この日はその初デートだったはずだ。

「うん…」

と、どこか沈んだ様子で、真冬が小さく答える。肯定にも否定にもとれる答えだった。

「碧…」

そしてふっと顔を上げ、碧を見つめてきた。

なんだか、泣きそうな目で。

成長して、このところずいぶんと生意気にも自信家にもなっていた真冬だったから、ひさしぶりにそんな気弱な表情を見たようで、碧はちょっと笑ってしまった。

「なんだ。ふられたのか?」

それに真冬はそっと目を伏せてしばらく答えなかったが、やがて息を吸いこむようにしてうなずいた。

「……うん」

それから、わずか上目づかいにねだってきて。

「なぐさめてくれる?」

「いくつのガキだ」

笑いながらも碧は無造作に真冬の頭を胸元に引きよせ、やわらかな髪を軽く撫《な》でてやった。

「どうした?　おまえらしくもないな」

「うん……」

今まで何か失敗をしたような時でも、碧には悔しそうに、あるいは冗談めかして話していたのに、この時は何も言わなかった。

ただ碧の胸に頰《ほお》をつけ、ぎゅっと背中に腕をまわしてしがみついていた。

青春のほろ苦い一ページだな、と碧には苦笑して思えるのだが、しかしいつにない真冬の様子には、そんなに好きな子だったのか…、と、なぜかちょっと複雑な気持ちだった。

しかしあとになって、この時ふったのは真冬の方からだったと夏月《なつき》に聞いた。

そしてそれ以来、真冬は碧につきあっている彼女の話はしなくなった。いや、女の子の話自体を、だろうか。

彼女ができた時期も何度かあったようだが、以前ほど浮き立った様子でもなかった。

自分の素性を考えてのことだろうか…、と碧は解釈していたが。

やはり人間とは違うのだ——、と。

そのことが重く、真冬にのしかかるようになったのだろうか、と。

結局はまわりの人間をだましていることでもあるのだ。「人間」として生きていきたいのなら、不安を覚えないはずはない。

しかし、それからひと月ほどたったある夜だった。

この時、碧はリビングのソファで居眠りをしていた。

真冬はクラブの合宿だとかで数日家を空けており、碧は一人になった隙《すき》を狙《ねら》うように、本来の「死神」としての仕事に精を出していて、それが片づいた気の緩みがあったようだ。

別に真冬がいてできない仕事ではなかったが、できるだけ避けていたところはある。なにしろうっかり邪魔をされて何かの記述をミスると、人一人の命が吹っ飛ぶのだ。あとあとの調整も大変になるし、上層部には能力を疑われることにもなる。

小さい頃から書斎には立ち入らせず、たまにこもって仕事を片づける碧に、真冬は「なんか黒魔術やってるみたいだなー」とちゃかして言ったものだが。

実際、あまり変わりはないのかもしれない。

真冬はクラブでバスケットをやっており、なかなか身体能力は高いらしい。……まあ、ある意味、当然とも言える。

ただ、さんさんと照りつける真夏の太陽には弱いので、そのあたりのスタミナで差し引きゼロ、というところだろうか。

この日が帰宅予定日だったことは、半分、碧の頭からは飛んでいた。

気がついた時、あたりはすっかり夜になっていて、明かりもつけないままのリビングは真っ暗だった。

ただ、カーテンを開け放した窓から注ぎこむ月の光だけが空気を淡く染め上げている。

気がついたのは、どうやらかすかな物音のせいのようだった。

真冬が帰ってきたのか…、とようやく思い出した碧は、寝起きの気だるい頭で、ふと、このまま寝たふりをして、入ってきたら脅かしてやろう…、とつまらないことを考えてしまった。

「――碧？」

案の定、真っ暗なリビングに入ってきて、しかしカーテンも全開な室内に、真冬が怪訝な声を出す。

戸口から、ソファによりかかった碧の姿に気づいたのかどうなのか。

真冬は明かりをつけないままに、そっと近づいてきた。

すぐ前に立ち、じっと、無言のまましばらく見つめられる気配に、碧は驚かせるタイミングを計る。

――が。

「碧……」

つぶやくような低い声とともに、さらり…、と固い指先で前髪がかき上げられた。

そのいつもとはどこか違った真冬の、息をつめるような切迫した気配に、碧は声をかけるタイミングを逸してしまう。

何かあったのか…？　と思った次の瞬間、ふわり、と唇にやわらかい感触が押しあてられた。

キス――されたのだ、と。

それに気がついたのは、濡《ぬ》れた舌先がそっと碧の乾いた唇をなぞって離れたあとだった。

頭の中が、一瞬、真っ白になる。

碧は目を開けることができなかった。声を出すことも、――息をすることさえ。

「碧……」

泣きそうな声で、かすれた吐息だけでささやいて、真冬の手がそっと碧の頬を撫でる。

しばらくじっと見つめてくる視線を感じ、それでもようやく真冬が離れていくのがわかった。

リビングから気配が消え、二階へと上がる足音が遠く聞こえてくる。

それに、ようやく碧は息を吐き出した。

無意識に、ぎゅっと自分の身体を両腕でつかむ。何かが飛び出していかないように。

——怖かった。

この時気づいたのは…、真冬の気持ちではなかった。

……多分、それは自分でもわかっていたのだろう。心のどこかで。気がつかないふりをしていただけで。

わかったのは、自分の、気持ちだ。

動揺し、混乱する自分の中の思い——。

それからの生活は、微妙なバランスと緊張の中で続いていた。

何が変わったということもなく。何を言うこともなく。

おたがいに。

——十五年。

そろそろだな…、と、それは碧にもわかっていた。

そろそろ手放さなければならない。

もう真冬も、ネコに泣かされていたちびの子供ではないのだ。それなりに仕事も見つけ、一人で生きていくにも碧の手は必要ない。

碧にしても…、この十五年は、その前の十年に比べてあっという間だった。その時々で面倒くささはあったが、小さな子供の成長を見るのは、いろんな発見があって楽しくもあった。

少なくとも退屈はしなかったな…、と思う。

高熱を出して生死をさまよい、点滴みたいにして、一滴ずつ、唇に血を含ませてやったこともあった。

初めて夢精して、真っ赤な顔でこっそりとパンツを洗っている姿を笑ったことも。

小さな指で、渾身《こんしん》の力でしがみついてくる手の、心地よさ。

自分しかいないのだ——、と。

この子には自分しかいないのだ、という、その優越感。

何だろう……？　人の「死」を計算するだけの生活の中で、初めて「生」を見つめるおもしろさだったのだろうか。

だが——それだけのはずだったのに。

そんなつもりではなかった。十五年前、真冬を拾ったのは。

本当に、イヌかネコを拾うような気持ちだったのだ。

いつの間に……こんなふうに意識するようになったのだろう。

どちらが、早かったのか。

だが自分にとって、もう限界――なのはわかっていた……。

※　　　※

「碧…、どうかしたのか?」

家の前で左卿《さきょう》たちと別れて二人だけになると、家の中に入りながら真冬がうかがうように尋ねてくる。

パーティーのあと、碧の様子が少しおかしいことに気づいていたのだろう。

タクシーの中でもいつも以上に口数が少なく、話しかけられても気がつかないことが何度かあったから、当然なのかもしれない。

「いや…、疲れているだけだ。人が多かったからな」

しかしさらりと言った碧に、真冬がちょっと申し訳なさそうな顔をする。

「ごめん。なんか、無理につきあわせた?」

「いや…」

それに短く答え、碧はいったん二階の自分の部屋に入った。

階段の下から、どこか心配そうに真冬が見上げてくる。

無意識に服を着替えながら、碧の頭の中からは赤羽《あかば》の横顔が離れなかった。

夏月の肩で結ばれた、死の印――。

あれは夏月の寿命……だったのだろうか。

――いや…、と碧は首をふる。

夏月の寿命がつきかけているのならば、もっと早く、碧も気づいているはずだった。

碧は寝室から隣の書斎へと移り、本棚に並んでいる分厚い本の一冊を手にとる。

後ろの方から数ページをめくっていくと、碧の担当エリアでここひと月以内に死すべき人間の名前が順に記されていた。

こうして開いている間にも、最後のページにはゆっくりと新しい名前が浮き上がっている。
二、三ページ返ったところで、ふっと碧は手を止めた。
戸嶋《とじま》夏月――。

と、確かにその名前が赤い文字で記されているのに、碧は一瞬、息をつめた。

日付は三日後。事故死――だった。

死が訪れた時、この色は黒に変わる。

だが、数日前に見た時にはなかったはずだった。

やはりあれは、調整――だ。

小さく唇を噛《か》み、碧はパタン…、と本を閉じた。

人の生命力というのは時に予測不可能で、するりと死神の手をすり抜けてしまうことがある。偶発的な出来事や、あるいは天使や悪魔、吸血鬼などの介入によって。

もしくは、その人間個人の持つ生命の強さによっても。

予定がずれた場合、死神は誰か他の人間で調整をとらなければならなくなるのだ。

数人から少しずつ寿命を削る場合もあるし、一人の人間からとる場合もある。それは、それぞれの死神の裁量に任されている。

夏月も、そうなのだろう。

ある意味、それも人の寿命と言えるのかもしれない。

だが、赤羽が夏月を調整に使ったのは……偶然ではないはずだった。

自分への嫌がらせか、あるいは真冬へのか。

……かといって、一度、死印が結ばれたとなると、すでに夏月の死はスケジュール上で確定されたということだ。

碧にはどうすることもできない。

まさか「死神」の仕事を邪魔するわけにもいかないのだ。

碧は、今まで人の死に対して、何らかの感慨を覚えたことはない。それは目の前を通り過ぎていく名前でしかなかった。

夏月は……確かに、かつてなくこの世界で碧に近い人間だった。いなくなるということは、確かにさびしくもなるのだろう。

だがそれよりも――。

真冬にとってどれだけの衝撃だろう…、と思う。

あるいは、……恨む、だろうか。

碧の仕事でないにしても、「死神」が彼女に死を与えたことを。

大きな息を吐いて、碧は部屋を出た。

気になったのか、階段の下ではまだ真冬が待っていて、碧はその姿を見て静かに言った。

「お茶を淹《い》れてくれないか？」

「……あ、うん」

素直にうなずいて、真冬がキッチンへ入る。

「今日の俺、どうだった？　ステージ歩くの、初めて見たんだろ？　かっこよかった？」

碧の好きな紅茶を淹れ、リビングに運びながら、真冬が意識的にだろう、明るい声を上げた。

「どうもこうも、ただ歩くだけに感想はないな」

つれなく言うと、チェッ、と口をとがらせる。

碧のすわるソファの前のテーブルにカップをおき、そのままじゃれつくようにして碧の首に腕をまわしてくる。

「碧…、栄養補給させてよ」

首筋に顔を埋めてきたその体温と重みに、碧はそっと息を吐き出した。

「いい年をして甘えるな」

軽くその身体を押しのけながら、碧は淡々と言ってカップに手を伸ばす。

「ああ…、碧が冷たいから、俺、干からびちゃう」

おおげさに言いながら、真冬がぱたっ…、と碧の横へ倒れこむようにしてソファに転がった。

いつもと変わらないはずの、……しかしどこか緊張をはらんだ空気だった。

おたがいに知らないふりでやり過ごせば、きっとまだ保たれるはずの均衡――。

碧はそっと目を閉じた。

……いや。

もう、無理なのだろう。何かが終わる時は、すぐそこまで来ている。

「おまえ……」

一口、お茶を飲んで、わずかに唇を湿してから、碧は静かに口を開いた。

「赤羽に何を言われた？」

ふっと、真冬が横で身を起こす気配がした。わずかに息をつめ、じっと碧の横顔を見つめてくる。

誰のことを聞いているのか、真冬にはわかるはずだった。

「……赤羽、って言うんだ、あの人」

やがて、低く真冬がつぶやいた。

どうやら名前は知らなかったらしい。

「別にたいしたことじゃないよ。人の血が吸いたくならないか、って」

碧はわずかに目をすがめる。

挑発か、嫌がらせなのか。

真冬の本能をかき立てるような。

吸血鬼の血の薄い真冬は、本能をいわば抑えこんでいるような状態だった。

人の血を吸わなくても生きていける。だからこそ、人の中で、人のふりをして生きていけるのだ。

だがもし、人の血を吸わずにはいられないようになったら……永遠の時をさまよわなければならなくなる。無惨に殺されるまで。

「いい気になるなよ、って言われた。なんかわかんないけどさ。……あの人も死神なんだろ?」

さすがに真冬にも、この世の人間か、異世界の存在かの区別はつくらしい。

「気にするな。あいつは吸血鬼嫌いなんだ」

かすれた声で真冬が笑った。

「吸血鬼って死神には嫌われてるんだよね」

その言葉に、思わず尋ねるように碧は顔を上げる。

「……って、吉宗《よしむね》が言ってたよ」

真冬が軽く肩をすくめた。

なるほど。真冬なりに、いろいろとこの世のことではない知識を集めているらしい。碧には面と向かって聞きにくいことも、吉宗や左卿あたりから仕入れているのだろう。

「なのに……なんで俺のこと、拾ってくれたの？」

長い足を引きよせて、ソファの上で膝《ひざ》を抱えるようにしながら真冬がぽつり、と尋ねてくる。

もう一口、お茶を飲んでから碧は淡々と言った。

「あんまり哀れだったからな。……まあ、ヒマつぶしだ」

「そっか…」

冷酷な言葉に、しかし真冬はそうつぶやいただけだった。

おたがいに口を開かず、しばらく沈黙が落ちる。

乾いた…、時の音が聞こえるようだった。

砂時計の砂がさらさらと落ちていくような。一秒一秒、残り少ない時間を刻んでいく。

手の中のカップの温《ぬく》もりが、初めて会った時の真冬の体温を思わせる。

冥界《めいかい》に帰れば、真冬に紅茶を淹れてもらうこともうないんだな…、と、ふいに思う。

そんな何でもないことが、胸に突き刺さるようで。

と、ようやく真冬が口を開いた。

「俺…、碧に拾われた時のこと、覚えてるよ。すんごいお腹が空いてて、喉《のど》も渇いてて。ホントに死ぬんだな…、って思ってた。だから碧を見た時……　絶対、意地でもこの人から離れない、って。一生離れな――」

「私はあと数年で人間界を離れる。早ければ数カ月後にでも」

真冬の言葉をさえぎるように、碧は言った。

感情もなく、ただ淡々と。

ふっと向き直った真冬の視線が、刺すように横顔にあたるのがわかる。

やがて、強張《こわば》った声が聞こえてきた。

「……帰ってどうするの？」

「冥界での役割を果たすだけだ」

いずれにしても、ずっと人間界にいられるわけではない。自分には自分の仕事がある。

「俺を……捨てるの……？」

真冬の声がかさかさとかすれていた。

「いいかげん、捨てられても困る年じゃないはずだ」

「なんでっ!?」

と、いきなりたたきつけるような声が耳に……身体の中に、こだました。

「ずっとここにいろよっ！　俺、がっちり稼ぐからっ！　碧の面倒はずっと俺がみるからっ！」

ソファをすべり降りた真冬が、そのまま碧の正面にまわりこみ、膝にすがってきた。

「私の老後をおまえに心配してもらう必要はない」

「碧、生活能力ないじゃん！」

必死にすがりつくようにして、真冬が碧の膝を揺さぶる。

「やかましい」

碧は腹立たしく舌を打ち、短いため息をついた。

「おまえをここまで育ててやったのは誰だと思っているんだ？」

勝手なことをほざきやがって…、と内心で毒づきつつ、それでもどこか疼《うず》くような思いが喉元までこみ上げてくる。

「俺がいないと、着る服も迷うくせに。料理だって掃除だってしないくせに……どうやって生活するんだよ…っ？」

言いたいことを言いながらも、真冬は今にも泣き出しそうな顔をしていた。

「むこうに帰ればできる者を手配する」

冷たく言った碧に、真冬が息を呑む。低く、絞り出すようにうめいた。

「なんで……」

ギュッと、指先が碧の膝をつかむ。

そして歯を食いしばるようにして、きつい目で碧を見上げてきた。

「碧だって、俺のこと好きだろ！」

腹の底から吐き出すような言葉——。

瞬間、碧は目を閉じた。

言ってはいけないことだった。おたがいに口に出さないようにしていたはずだった。

「好きじゃなきゃ…、俺のこと、拾ったりしないだろ……？」

「退屈しのぎだと言ったはずだ」

すがるような、絞り出すように言ったその言葉に、碧は冷酷に答えた。

「おまえを連れて冥界に帰れるわけじゃないんだからな」

その瞬間、いきなり真冬が立ち上がった。碧の肩をつかみ、体重をかけて力ずくでソファの隅へ押し倒す。

「な…っ……、真冬……！」

中身が半分残っていたカップが手から弾け飛び、足下を濡らした。

にらむような目で碧を見つめ、真冬の手がそれでも突き放そうとする碧の手首を押さえこむ。

「——ん…っ…！」

そのまま唇がふさがれ、荒々しい舌が口の中を蹂躙《じゅうりん》する。

さすがにあせったが、すでに純粋に腕力で勝ち目がないことはわかっていた。

いつまでも四歳の子供ではない。成長したことは、もちろん理解していた。

だがのしかかられて初めて、それを感じた気がする。

真冬の身体の大きさ。重さ。腕をつかむ力の強さ——。

見たこともないほど、感じたこともないほどの……怒りをはらんでいる。

碧は身体の力を抜き、抵抗もせずに、ただそれを受け止めていた。

舌をからめとられ、顎《あご》から喉元まで、むさぼるように唇を這《は》わされて。

激情のままに碧の身体を抱きしめ、ようやく真冬は碧の反応がないことに、……そして自分のしていることに、気づいたようだった。

「碧……？」

碧の胸に埋めた顔を、真冬がそっと上げてくる。

「満足か？」

それを見下ろして、碧は淡々と尋ねた。

「おまえを十五年も育ててやった。もう十分だろう？」

「碧…！」

冷ややかな言葉に、真冬が愕然《がくぜん》とした顔を見せる。

「碧、俺は――」

「子供と遊ぶ時間はもう終わりだ」

ぴしゃりと言うと、真冬が息を呑んだ。

「なんで……？」

呆然《ぼうぜん》と、碧を見つめる。

「あいつと…、左卿とデキてんの……？」

そう…、ずっと真冬は碧と左卿とのことを気にしていた。

バカバカしい…、と思う。もっとも、左卿とそういう関係になっても別におかしくはなかったのだろうが。カラダだけ、ならば。

知らず、碧は口元で笑っていた。

「左卿とはあと腐れがないからな」

碧がそう口にした瞬間、真冬の平手が頬に飛んできた。

痛み――というより、一瞬の熱が頬を焼く。

真冬には、皮肉にも聞こえたのだろう。

いつまでたっても、碧にとって自分は子供でしかないのだ、と。とても恋愛対象としてなど、見られるはずはないのだ、と。

「気がすんだらさっさと降りろ」

平静な顔で言った碧をにらみ、クソッ…！と、低く吐き出すと、真冬はそのまま走り出した。

荒々しく階段を駆け上がる音が響いてきて、碧はようやくホッ…と肩から力を抜いた。

無意識に指先が殴られた頬に触れる。

そして、唇に――。

どちらも熱くて……なぜか、まぶたまで痛いように熱くなる。

真冬が自分に対してそんな気持ちを持つことは、あるいは当然なのかもしれない。

だが、真冬が自分に対して抱いているのは、どういう愛情なのだろう…、とも思う。

『三歳児、虐待で餓死』などという記事をじっと見つめている真冬を見ると、真冬の自分に向けている気持ちは、ある種の刷りこみのようなものではないかと思う。

また捨てられたくないから。

真冬にとって自分は、たった一人の保護者だったのだ。

トラウマのように……ただ、碧が離れていくのが不安なだけ。

この先は――自分よりも、そう…、夏月の方がずっと、真冬には必要な存在になる。

この世界で生きていくためには。

よくわかっていた。

ただ……それがこんなにも息苦しいものだとはわからなかった。心臓が重く、つまりそうなほどに。

……離れられないのは、自分の方なのかもしれない……。

碧は絨毯《じゅうたん》に広がった紅茶のシミを見つめ、そっとため息をついた——。


それから丸二日、真冬は部屋から出てこなかった。

ハンストか…、とも思ったが、碧が自室にいる間にテーブルには食事の準備もしてあって、その律儀さは小さい頃から変わらない。

いたずらや何かをして叱《しか》りつけた時でも、真冬は自分が悪いと思わなければ絶対にあやまらなかった。

それでもこっそりと碧の機嫌をとるように、せっせと洗濯物を畳んだり、掃除をしたりしていたのだ。

優しくて、可愛くて。……頑固で。

生きづらそうだな…、と、碧はちょっとため息が出る。

そうでなくても、中途半端な吸血鬼が一人で生きていくには複雑な世の中だ。

真冬の寿命がどのくらいあるのかは、死神である碧にもわからない。

純血種ならば「永遠」であるのだろうが。

うまく世渡りしていけるのだろうか…。

そんなことを思いながら、空のカップをもってキッチンへ降りていった碧は、リビングで出かけるところだったらしい真冬と鉢合わせした。

さすがに少しあせり、それは真冬も同様のようだった。

ただおたがいに、素知らぬふりをする。

……今さら何をとりつくろうようなこともないのに。

「……出かけるのか？」

何か、普通のことを言わなければいけないような気持ちで尋ねた碧に、真冬がちらっと視線を上げてうなずいた。

「夏月に…、レポートの資料、借りる約束したから」

「ああ…」

そういえば、パーティーの時にもそんな話をしていただろうか。

そして、ハッと気づいた。

そうだ。今日は……あれから三日目だ。

夏月の――。

瞬間、ザッ…、と全身に鳥肌が立つ。

では、真冬の目の前で……夏月が死ぬということだろうか？

そのまま玄関へ向かった真冬の背中を、碧は思わず追いかけていた。

「真冬…っ、待て…！」

「……何？」

スニーカーを履きかけたところで、真冬が怪訝そうにふり返る。

正面から聞き返され、碧は言葉につまった。

何をどう言えばいいというのか。

今から夏月が死ぬ――などと、言えるはずはなかった。

人の死を他人に予告することはできないし、そうでなくとも真冬に告げれば、真冬はもちろん、夏月の死を阻もうとするだろう。

夏月の死は、すでに確定されたことだった。

それを曲げることは……誰よりも、死神である碧の立場で許されることではない。

「碧？」

呼び止めたまま口をつぐんだ碧を、真冬がさらに眉をよせて見つめてくる。

「あ…、いや……、おまえ、夏月ちゃんとは…、その」

自分でも何を言っているのかわからないまま、しかし口は勝手に尋ねていた。

「おまえ…、夏月ちゃんとつきあう気はないのか？　秘密を打ち明けるくらいの仲なんだろう？」

その言葉に、真冬がふっ…、と大きく息を吸いこんだ。碧から視線をそらし、無造作に踵《かかと》を打ちつけてスニーカーを履く。

「碧にそんなことを聞かれたくないね」

怒ったような口調だった。

「夏月はいい友達だよ。大事な友達だ。そういう意味では一番だけどね」

強いその言葉に、碧はわずかに息を呑む。

真冬はいくぶん大きめのレザーバッグを肩から引っかけ、碧に向き直った。

「吸血鬼って、最後は灰になって消滅するんだよね。何にも残んないだろ？　俺が生きてた証《あかし》ってさ…」

真冬がどこか自嘲《じちょう》気味に笑う。

「夏月は……俺をモデルにあの吸血鬼の話、描いてくれた。俺みたいなのが何か残してもいけないような気がしてたから…、だからすげーうれしかったよ。あれ読んでくれた人には、俺のことなんか忘れても何か…、いつまでも気持ちは残るだろ？」

「おまえ…」

真冬がそんなふうに考えていたとは知らなくて、碧はちょっと驚く。

「夏月とは同志みたいなもんだよ。まだ何冊か描くって言ってたし。夏月は……俺が碧のこと、好きだって知ってるし」

まっすぐに碧を見て、真冬が言った。

返す言葉もなく、しかし心の中で、バカが…、と碧はつぶやいた。

その夏月が、どんな気持ちでいるのかも気がつかないくせに――。

「風呂は掃除しといたから。夕食は買ってくるよ」

真冬は淡々とそれだけ言うと、じゃ、とドアから出て行く。

碧にそれを呼び返す言葉はなかった。

重い足を引きずるようにしてリビングにもどり、無意識に時計を見る。

夏月の寿命が尽きるまで、あと一時間ちょっとだった。

……どうしようもない。

それは誰よりもよく、わかっていた。

碧は崩れるようにソファにすわりこむ。

目の前で夏月を失った時……真冬がどれだけ傷つくか、もちろん碧にも想像はできた。

いや、碧の想像以上なのかもしれない。

夏月は事故で死ぬ。

助けられなかった自分を、真冬は責めるだろう。

そして、当然知っていて何も言わなかった碧を……どう思うだろう？　むろん碧の立場としては、死者の情報をもらすことはできない。真冬もそれはわかってるか真冬もそれはわかってるから、碧を責めることはないのかもしれない。

だがその分、自分を責める――。

夏月の死が、赤羽による自分へのとばっちりのようなものだと知ったらなおさらだった。

「真冬……」

どうしようもない。どうしようもないのに。

時計の針がカウントダウンを始めている。

じっとしていることができず、碧は立ち上がって急いで服を着替えた。


時間と場所はわかっていた。

予定された記録に、きちんと記されていたから。

「急いでください！」

碧はタクシーの運転手を急《せ》かし、二人が待ち合わせている場所へ向かっていた。

クリスマス直前の街は、どこを見ても赤と緑で飾られている。そして昨夜から降り始めた雪で、街は白く染まっていた。

おかげで車の進みが遅い。ジリジリする。

レポートの資料の受け渡し、とか言っていたわりには、ずいぶんな街中だった。

一緒にランチでもとるのか…？　と思い、ああ…、と碧は小さく息を吐く。

プレゼントを買うつもりなのかもしれない。

碧への、クリスマス・プレゼント――。

小さい頃から、真冬は欠かしたことがなかった。碧に誕生日というものはなかったから、それこそ父の日も母の日も、クリスマスも。何かの行事ごとにプレゼントをくれた。

人並みなことをしたかったのか…、あるいは。

碧を喜ばせたかったのだろう。ただ純粋に。

碧は時計を見た。

あと、五分――。

「降ろしてください！」

目的地はすぐそばだった。しかし車が渋滞にはまったのを見て、碧は声を上げる。釣りもとらず、ちらちらと雪が舞い散る中を走り出した。

雪のせいで視界の悪い交差点に差しかかる。

それでも碧は、反対側にあるカフェの店先に真冬の姿を見つけた。

この寒いのに、オープンテラスのイスにすわっている。

時計を見ると、すでに一分を切っていた。

碧はあたりを見まわすが、平日の午後でさほどの人通りではないとはいえ、傘をさしている歩行者も多く、顔が判別できない。

と、真冬が何かに気づいたように、軽く手を上げたのが見えた。

ハッとして、その視線の先に目を向けると——。

碧からほんの数メートル先、鮮やかなオレンジの折畳み傘が応《こた》えるように揺れている。

信号が変わり、その傘が真っ先に動き出した瞬間だった。

視界の隅に、黒い車の影が見える。

——いや、死の影が。

間違いなく、死神の姿が。

グレイの大きなマントと、顔を隠すのっぺりとした目だけの仮面。

そして手にしている得物は細身の刀——すでに抜き身だった。

……むろん、普通の人間に見える姿ではなかった。

碧たちが死の署名をする役割だとすれば、まさしく鎌《かま》をふるう役目の死神だ。

息が止まる。

そして——。

「夏月ちゃん！」

そのほとばしった叫びは、ほとんど無意識だった。

ふっ、とオレンジの傘が止まり、ふわりとふり返る。

その瞬間、すさまじい衝突音があたりに鳴り響いた。

スリップした一台の黒いセダンが、数台の車を巻きこんで歩道に乗り上げ、街灯にぶつかって止まったのだ。

あたりに、いっせいに悲鳴と怒号が巻き起こる。

獲物を奪われた無表情な仮面が、間違いなく碧を見た。

荒い息をつきながら、碧も蒼白《そうはく》な顔でそれを見つめ返す。

自分が何をしたのかは、わかっていた。

――それがどういう意味を持つのかも。

あるいはこれが…、赤羽の狙った目的なのかもしれない――。

初めてそれに気づく。

だとしても、どうしようもなかった。

「うわ…」

すぐ背後で起こった惨事に、大きく目を見開いて夏月が呆然とつぶやく。

そして、ハッと思い出したように碧に近づいてきた。

「すっごい……びっくりした……。碧さんが呼んでくれなかったら、私、マジでひかれてたかも」

冗談ではなく、そうだったのだ。

「よかったね…」

つぶやくように言って、碧はぎこちなく微笑《ほほえ》んだ。

「夏月！　……おい、大丈夫か！」

あせったように、真冬が混乱した交差点を突っ切ってくる。

「あ、真冬」

ふり返った夏月も、ホッとしたようにうなずいた。

「うん。でも碧さんが声かけてくれなかったら、マジ、やばかったよ」

「碧…？」

一緒にいる碧の姿にさすがに驚いたように首をかしげ、しかし目の前で玉突きになった事故の状況に、真冬もまだ混乱と興奮が抜けきっていないらしい。

パトカーと救急車のサイレンがけたたましく近づいてくる。

「すげーな…」

ため息をつくようにつぶやいて、そしてあらためて向き直った。

「でも碧…、どうしてこんなとこに？」

◇

◇

夏月と予定もあったはずだが、真冬はなかば強引に、碧について家に帰ってきた。

何かおかしいと、やはり気づいたのだろう。

そうでなくとも、出不精の碧が用もなくあんな場所をうろうろしているはずはない。

あの事故で、奇跡的に――ニュース的な表現によると――死者は出なかった。

だからこそよけいに違和感があるのかもしれない。……そんな場所に、死神がうろうろしていることが。

真冬でも、推測することは難しくなかったのか。

「碧…、まさかあれ…、夏月が……?」

背中からかかった声を無視して碧は二階へ上がり、自分の書斎の大きなアームチェアにどさっと重い身体を投げ出した。

なんだか……笑いたくなった。

自分の立場で、自分のしたことの大きさを考えると。

バカなことをした、という後悔よりも、……何だろう？

後先考えず、理性も何もなくあんなことをしてしまうほど…、それほどまでに自分が守りたかったことに。

――あんな手のかかるガキを。

真冬を……傷つけたくなかった。

夏月の存在が、自分がいなくなったあとの真冬にとってどれだけ必要かは、よくわかっていたから。

そうでなければ…、人間たちの中で、真冬はまたひとりぼっちで生きていかなければならなくなるのだから――。

と、ふいにチリン…、とかすかな、鈴の鳴るような音が聞こえ、碧はハッとした。

のろのろと腰を上げ、本棚に並ぶ革張りの本の一冊を手にとるとスッ…と広げる。

自然と開いたページに、折り畳まれた紙が一枚、入っていた。

懲罰委員会への召喚状――だ。

ふっ…、と思わずため息をつく。

その時、どこかためらいがちにドアがたたかれた。

わずかに眉をよせ、碧は本を棚にもどす。と同時に、返事も待たずにドアが開いた。

真冬が不安げな顔をのぞかせる。

「この部屋には入るなと言ったはずだ」

冷たく言った碧に、真冬が小さく告げる。

「お客さん…、だけど」

そして真冬を押しのけるように入ってきたのは、左卿、だった。

一緒に来たらしい吉宗がするっと先まわりして、本棚の横のカウチソファに飛び乗る。

なるほど、この男が顔を出すのは予想してしかるべきだっただろう。

それにしても——。

「ずいぶんと耳が早いな」

口元に皮肉な笑みを浮かべ、再びアームチェアに腰を下ろしながら碧は言った。

「赤羽が憤慨して、誰彼かまわずわめきまわっているからな」

憤慨して、というよりは、内心では、してやったり、という気分なのだろう。

左卿が肩をすくめ、先にくつろいでいた使い魔を軽く手でどけると、どっかりとソファにすわりこむ。

「おまえなぁ…。自分で布団を回すような真似《まね》をしてどうするよ?」

そしてあきれたようにうめいた。

落語の「死神」だ。死神に金儲《かねもう》けの方法を教えてもらった男の話。病人の枕元に死神がいたらダメだが、足下にいれば手を二つたたく。そうすれば死神を追い払い、男は病人を救うことができる、と。

　そのやり方で名医と呼ばれるようになった男のもとに、ある時、大金持ちの家から使いがきた。だがそこでは死神は病人の枕元にすわっている。しかし謝礼の大金に目がくらんだ男は、布団をくるりと回して死神が足下へ来るようにし、手をたたいて追い払った。だがそれは、病人の寿命と男の寿命とを入れ替えることだったのだ。そして、男の寿命を表すロウソクは今にも消えかけている……。

　確かに、死神自らがやっていてはサゲもつかない。笑うに笑えない話だった。

「夏月…、死ぬ予定だったのか？」

　蒼白な顔で尋ねながら、真冬が近づいてくる。

「予定の調整でな」

　あえて、碧は淡々と言う。だがその意味は、真冬にはわからないだろう。

「碧が……助けてくれたんだよな……？」

　ただその事実を、真冬が確認してくる。

　そう、喜んでいいことなのだろう。だが碧の様子も、そして左卿の様子もただごとではないと、真冬にも感じさせているようだった。

　果たして、左卿が言った。

「死神としては規律に反するな。死ぬべき人間を助けるんだ。組んだプランを身内に壊されるなんてのはあってはならないことだし、当然、しかるべき処罰は下る」

あっ…、と真冬が息を呑む。拳《こぶし》を強く握りしめた。

「なんで…、なんでそんなことしたんだよ…っ？」

「夏月を見殺しにしてもよかったのか？」

碧の膝につめよるように叫んだ真冬に、碧は冷ややかに返した。

真冬がギュッと唇を嚙みしめる。

「碧…、そんなに夏月のこと…、気に入ってたのか……？」

しばらくじっと考えるようにうつむいていた真冬が、やがてかすれた声で尋ねた。

しかしすぐに自分で否定する。

「違うよな…」

小さく唇をゆがめ、笑うみたいにして。

そしてスッと、まっすぐに碧の顔を見つめてきた。

わずかに膝をかがめ、碧のすわるイスの肘掛《ひじか》けを両手でつかんで。碧の身体を囲いこむようにして、低く言った。

「俺のためだろ……？」

ドクッ…、と、碧の身体の奥で心臓が音を立てる。反射的に目を閉じて、強い真冬の視線から逃げるように顔をそむけた。

「碧…！」

真冬の声が体中にこだまする。

何も答えられないままの碧の身体に、そっと真冬が腕を伸ばしてきた。

肩から……包みこむように腕をすべらせ、優しく、強く抱きしめられる。

「碧……」

碧の肩に、押しつける形で顔を埋めてきた。

小さい頃、碧が両腕に抱き上げてやった時のように——だが今は、真冬の方がずっと大きくて。

一瞬、ビクッと身体を震わせ、しかし碧は何も言わなかった。ただ真冬のしたいように、……その腕に身を任せる。

「俺の……ためだろ……？」

喉の奥から絞り出すように聞かれて。

もう…、否定する意味は何もないと思えた。

自分に嘘をつく必要もない。

「おまえの大事な友達だからな……。彼女には…、私がいなくなったらおまえの面倒をみてもらわないといけない」

震えて上すべりしそうになる声を抑え、碧は静かに答えた。

一瞬、真冬が息をつめる。

「優しいよね…、碧は。ホントはいつも…、俺には甘くてさ……」

そして涙をこらえるような、かすれた声でつぶやいた。

「だから…、碧が好きだよ……」

そっと耳元でささやかれる。グッと強く抱きしめられた。

「碧はいつでも…、俺の味方だもんね」

小さく笑うような、……泣いているような声で、真冬が言った。

碧はこぼれそうになるものをこらえ、大きく息を吸いこむ。

そんなつもりはなかったが…、そう、それでも真冬のことは信じていた。

真冬は決して、碧に嘘をつくことはなかったから。

学校でどんないたずらをしても、やれやれ…、と思いながら、いろんな尻《しり》ぬぐいもしてやったものだ。

碧は感触を確かめるようにそっと真冬の髪を撫で、そして引きはがすように押しやった。

「私がおまえにしてやれるのは、これで最後だ」

静かに言ったその言葉に、真冬の顔がビクッと強張る。

「碧……？」

「おまえ、どうするつもりだ？」

いくぶんいらだたしげに足を組み、左卿が後ろから尋ねてくる。

そちらに顔を上げて、碧は静かに言った。

「懲罰委員会から出頭命令が来ている」

「どうなるんだ…!?」

あせったように立ち上がって真冬が叫んだ。

碧が答えないのに、大股で左卿に近づき、その襟首《えりくび》をつかむ勢いで詰問する。

「碧はどうなるのっ!?」

「俺に聞くな。俺は悪魔だぞ？　死神じゃない」

左卿が鼻を鳴らした。

「……だがまあ、懲役刑か？　何百年…、いや、悪くすれば終身」

「ずっと…、牢屋《ろうや》ってこと……？」

顔色を失い、真冬が呆然とつぶやく。

「どのみち、二度とおまえには会えないだろうな。出てくる頃にはおまえは消滅してる」

あ…、と喉の奥に真冬が言葉をつまらせる。

『使役刑ってのもあるって聞いたな。奴隷の身分に落とされて、消滅するまで汚れた仕事、させられるの』

吉宗が口をはさむ。

「それは反逆罪とか、根底から冥界の体制を壊そうとした時くらいだな」

それに碧は、あえて小さく笑ってみせる。

「死神が死神の邪魔をするのは、十分、体制に反逆していると思うが」

が、左卿の理論的な指摘に、一瞬、黙りこんだ。そして、知らずため息が口からこぼれ落ちる。

懲罰委員会でどんな罰が下るのか――正直、碧にも予測はつかなかった。

前例があっただろうか。いずれにしても、赤羽は重い処分を要求するはずだった。あれほど碧を煙たがっていたのだ。

「……逃げよう」

と、ふいにポツリと真冬の声がした。

「一緒に逃げよう、碧っ！」

一瞬、意味がわからず、え？　と向き直った碧の肩にとりすがるようにして、真冬が叫んだ。

「俺、絶対、どこまでも碧を守るから！」

強い腕が碧の身体を抱きしめる。食いこむように、指が碧の背中を肩をつかんでくる。

まっすぐな――眼差しだった。

その思いがうれしくて。

碧は小さく微笑んだ。

そっと手を伸ばし、真冬の頬を撫でる。

「一生…、ずっと世界中を逃げまわるのか?」

真冬と一緒ならそれも楽しいのかもしれないな…、と、ふと、夢のように思ってしまう。

「いいよ、それでも」

きっぱりと真冬は言った。

「おまえ、自分の寿命を知っているのか? もしかしたら永遠に……ずっと逃げまわる生活だぞ?」

「いいよ。碧が一緒なら」

心の奥で、真冬の言葉がやわらかな泡のように膨らんでいっぱいになる。弾けて、くすぐったいような思いがこみ上げる。

涙が出そうなほど。

ほんの少しだけ…、夢を見てもいいだろうか——?

「バカか…」

あきれたように左卿が吐き出す。

「死神からどこへ逃げようっていうんだ?」

「左卿」

その言葉を、碧は静かに制した。

そっと真冬の腕に触れて、もう一度尋ねた。

「いいのか？　おまえ…、今の仕事や学校や…、友達も捨てていくんだぞ？」

真冬にしても、せっかく築いてきた生活のはずだった。人間として、普通に生きていられる。

「碧より大事なものがあるわけないだろ」

ちょっと怒ったように真冬がにらむ。そして、大きく息を吸いこんで言った。

「一緒に…、ずっと俺と一緒に来てくれる？」

……プロポーズみたいな言葉だな、と思いながら、碧は小さく笑ってしまった。

「ああ」

そして、短く答える。

身体中に甘い、やわらかな思いが満ちてくる。

真冬の背中のむこうで、左卿があきれたようなため息をついて見せた。

それにそっと、碧は首をふる。

「それで、どこへ逃げるんだ？」

尋ねた碧に、真冬が眉をよせて考えこんだ。

「えっと、ええと、……そうだ！　うちの社長、上高地《かみこうち》に別荘があるんだよ。一度行ったけど、好きに使っていいって言ってたから、とりあえずそこ、貸してもらおうよ。冬だったら誰も使ってないだろうし。そこでこれからの作戦を練ればいいかな」

く。

「わかった。すぐに出るんだよね？」

うなずいた碧に、真冬がまるで遠足にでも行くような浮き立った様子で部屋を飛び出してい
く。

それを見送って、左卿が碧に向き直った。

「おまえ…、どういうつもりだ？」

「いいだろう？　少しくらい真冬につきあっても」

——もう、これが最後なのだから。

そっと微笑んだ碧の顔をじっと見つめ、左卿がため息をついた。頭をカリカリ…とかいて、なかば独《ひと》り言《ごと》のようにつぶやいた。

「それにしても赤羽のヤツ…、先手を打ったってことか……？」

あらかじめ社長に連絡をとってもらっていたらしく、管理人が別荘の鍵《かぎ》を開けてくれた。

こんな冬のまっただ中にこんなところまでもの好きですね…、とあきれたように言いながら。

とりあえず食料を買いこみ、しんしんと降り積もる雪の中、真冬が借り物のランドクルーサーを運転してきたのだ。

あれから家を出て、たどり着いたのはほとんど真夜中に近い。しかし疲れた様子も見せず、命がけの逃避行——とは思えないほど、真冬はうれしそうだった。

街の明かりも見えず、雪に閉じこめられたように二人きりになって、碧は寝室の窓際でしばらく吸いこまれそうな闇を眺めていた。

仮に懲役刑だとすれば…、これよりももっと深い闇だけを、数百年、見つめて生きることになるのだろうか…？　死ぬこともできずに。

耐えられるのだろうか？　そんな孤独に——。

「お茶、飲む？」

と、背中で聞かれてふり返ると、真冬がちょうど風呂から出てきたところだった。

暖房が効いているとはいえ、こんな真冬に上半身裸で、下はパジャマのズボンだけだ。

一瞬、碧はドキッとした。それでも平静な顔で、ああ…、とうなずくと、真冬は階下のキッチンにもどってマグカップに紅茶を淹れてきてくれる。

はい、と渡されて、碧はその温もりをしばらく手の中で確かめた。

「今日はずいぶんとサービスがいいな」

「そりゃあ…、だってさ…」

少しからかうように言うと、どこか照れくさそうに、真冬がもぞもぞとうめく。

「二人きりじゃん？」

今までだって二人きりだったはずだが…、そういえば、こんなふうに二人で外泊したことはなかっただろうか。

真冬が自分の持ってきたペットボトルからごくっと水を飲むと、それをサイドテーブルにおいて、ツインのベッドの片方にぱたっと腰を下ろした。

しばらく、降り続ける雪の音も聞こえそうなほどの沈黙が落ちる。

「俺さ…、どうしてこの世界に俺みたいな中途半端なのが存在してるのか…、って、ずっと考えてたんだ」

やがて真冬が口を開いた。

「でも答えが見つからなくて…、なんか、すごい苦しかった時もあったけど」

つぶやくように言って、顔を上げる。

強い視線が、まっすぐに見つめてくる。

「でも、もういいんだ。もう理由なんかいらない。……俺は」

そっと息を吸いこんで、真冬はただ静かに言った。

「碧のそばにいるためにいる」

胸の奥にピン…と張りつめた糸を弾くように、その声が体中に響いていく。

「ずっと碧のそばにいて…、ずっと碧のことを守って…、いつでも碧が笑っていられるように…、さ」

瞬きもせずに、碧はじっと真冬を見つめていた。

その表情も、声も、仕草も…、何一つ、忘れないように——。

こんなにも、自分のものだった男を。

「碧と一緒にいる時が、一番自分が生きてる気がする」

そう…、碧にとってもそうだったのかもしれない。

淡々と人の死を見つめてきて。

真冬と一緒の時だけが、自分が自分として存在しているように思えた。

……死神が人のように生きることに、あまり意味はないのかもしれないが。

人の世界に長くいすぎたのか…、と碧はちょっと自嘲《じちょう》した。

静かに立ち上がった真冬が、そっと碧に近づいてくる。

碧の前に立つ。

身長でも体格でも、とっくに碧を追い抜いていた。

おそるおそる手を伸ばしてきて…、そっと碧の頬に触れる。

「こないだは……殴ってごめん」

悄然《しょうぜん》と、上目づかいにあやまってきた。

そのしょんぼりした様子に、碧はちょっと笑ってしまう。

昔からそうだった。自分が納得できなければ絶対にあやまらなかったが、それでも失敗した、と思った時は、もじもじと、でもきちんとあやまってきて。

「キスして…、いい……？」

そして少し硬い声が尋ねてくる。

「いいよ」

碧は優しく答えた。

そっと顎が持ち上げられ、やわらかな、温かい唇が重なってくる。

遥か昔——覚えのある感触だった。

濡れた舌先が碧の唇をなぞり、隙間《すきま》を割って中へ入りこんでくる。

「ん……」

舌をからめ、何度も吸い上げられて。深く味わわれて。

碧は片手にカップを握りしめたまま、もう片方の手が真冬の腕をつかむ。

ようやく解放され、息を継ぐ碧の耳を、ハァ…、と深い吐息がくすぐる。

真冬の手が碧からカップをとり、窓の桟の上にのせた。

そして碧の顔をのぞきこむようにして。

「……抱いてもいい？」

甘く、かすれた声が尋ねてくる。

「ああ」

答えた瞬間、碧の身体が抱き上げられ、手近なベッドへ押し倒された。

身体に、真冬の重みがのしかかってくる。

大きな手のひらが頬を撫で、切なげな視線にからめとられた。

唇が重なって、おたがいに奪い合って。どちらの唾液《だえき》かわからないまま、唇の端からこぼれ落ちて。

碧の知らないおとなの男の力で手首を縛りつけ、ほとんど引きちぎるようにしてシャツが脱がされる。

むさぼるように、真冬の唇が喉元から胸を這《は》った。

「ん…っ…、あぁ…っ」

固い指先に胸の小さな芽がいじられ、思わず高い声が飛び出してしまう。
二、三度押しつぶされただけで、それはあっという間に硬く芯《しん》を立ててしまっていた。
「なんか…、カワイイな…、碧」

くすっと真冬に笑われて、碧はわずかに身体が熱くなるのを感じる。

思わず真冬をにらんだが、真冬はにやりと笑っただけだった。

指先で弾くようにして遊ばれ、たっぷりと舌になめ上げられて。

「あ…っ…」

甘噛みされると、こらえきれず碧の身体はビクン…、と魚みたいに跳ね上がった。危うい声がこぼれ落ちてしまう。

唾液に濡れた乳首が指で摘《つま》み上げられ、さらに襲いかかってくる大きな刺激に、碧は大きく身体をのけぞらせた。

「ここ…、そんなに感じるんだ……」

つぶやくように言われて、いたたまれなくなる。

薄い脇腹を撫でた手がズボンへとかかり、下着と一緒にゆっくりと引き下ろされた。

恥ずかしい部分があらわにされる感触に思わず顔をそむけるが、真冬の腕は容赦なく膝を開かせる。

「碧の…、もうカタチ、変わってるよ…?」

楽しそうに耳元でささやかれ、碧は反射的に真冬の頭を殴りつけた。

「最中にしゃべりすぎる男は嫌いだ」

低くそう言い渡すが、全身を火照《ほて》らせた赤い顔ではあまり効果はなかったらしい。

「碧がカワイイからだろ」

くすくすと笑って言われて、さらに体温が上がってしまう。

「ふだん、すごいストイックな感じなのにな…」

つぶやいて、手のひらが内腿《うちもも》から中心へとすべっていく。

「……っ……！」

指先にその形をなぞられ、明らかになっている自分のモノを教えられる。

「ね？」

うれしそうに言って、真冬が手のひらにそれを包みこむと、ゆっくりとしごき始めた。

「あぁ…っ！」

とたん、体中を走り抜けた痺《しび》れにこらえきれず、碧は腰を震わせる。

真冬の手が碧の片方の足を持ち上げ、爪先から踵、そしてふくらはぎへと順になめ上げられる。碧の目に見せつけるようにして。

肌に触れるそのやわらかな感触に、ゾクゾク…と身体の奥に熱がわだかまってくる。

足の付け根まで行き着いた唇がそのまま中心へとすべり、碧のモノが真冬の口にくわえこまれた。

「あ…っ…、あぁ…っ、あぁ……っ！」

強弱をつけて口でしごかれ、舌先で執拗になめ上げられる。しなり返った自分のモノが、真冬の喉を突くほどに成長しているのが、自分でもはっきりとわかった。

にじみ出すような甘い快感が、全身を侵していく。

碧は無意識に真冬の髪をつかみ、押しつけるようにして腰を揺すっていた。

ようやく顔を上げると、真冬はわずかに碧の腰を浮かせ、さらに奥へと舌を這わせる。

甘い攻めからようやく解放され、荒い息を整えていた碧けはじめそれに気がつかなかった。

指先で一番奥に隠された入り口が指で押し開かれ、軽く音を立てて口づけられて、ようやく自分のされていることを意識する。

「ま…真冬…っ！」

うろたえて、反射的に身体を引こうとした碧の腰は、しかしがっちりと押さえこまれ、身動きもできなかった。そのまま舌でなぞられて、固くすぼまった部分がやわらかく解きほぐされていく。

「……ふ…、…あ…っ、あぁ……っ」

じわじわと湧《わ》き上がってくる、もどかしいような疼《うず》き。腰から下が、すでに自分の意識から離れて溶け落ちているようだった。

執拗に唾液を送りこまれる、いやらしく濡れた音が耳につく。

「真冬…っ、もう……！」

こらえきれずにうめくと、ようやく真冬が顔を上げた。

「ひどくしたくないからね」

言い訳みたいに言うと、ほぐした場所に指先を押しあててくる。かきまわされ、溶けきった襞《ひだ》が勝手に真冬の指にからみついていく。

「あ……」

恥ずかしさに目がくらみそうになりながら、碧は無意識に両腕で顔を隠した。

指が入れられ、馴染《なじ》ませるように抜き差しされて、どうしようもなく締めつけてしまう。

放っておかれた前にもう片方の手がまわされ、とろりと蜜《みつ》をこぼす先端を指の腹でもまれ、さらに淫《みだ》らに腰が揺れる。誘うみたいに。

「……も……、限界……」

かすれた声で真冬がうめき、いきなり両手が離されて、碧は思わず目を開けた。

額に汗をにじませ、せっぱつまった男っぽい顔で、真冬が腕を伸ばして碧の髪をつかむ。

そのまま唇が奪われ、舌をからみ合わせ…、おたがいの中心もこすれ合う。

熱く、硬くしなっている真冬の存在をはっきりと感じる。

真冬は碧の腰を抱え上げると、その部分へ荒々しく押しあててきた。

「いい……？」

乱れた息をつき、必死に自分を抑えながら、尋ねてくる。

碧は思わず笑ってしまった。

「ダメだって言ったら……どうするんだ？」

一瞬、真冬の顔が泣きそうにゆがむ。

昔の、子供の時のままに。

しかしギュッと唇を噛みしめて言った。

「でも、する」

「いいよ…」

と答えて、碧は目を閉じた。

「ん……、あ…あぁ……っ!」

熱く大きな、硬い質量が身体の奥へ打ちこまれる。

碧は身体をのけぞらせ、一瞬、硬直したが、ゆっくりと力を抜き、真冬を受け入れてやる。

真冬の、すべてを。

「碧……、碧……っ」

無意識に締めつけると真冬が夢中になって動き、碧も引きずられるように高まっていく。

必死にこらえていた真冬だったが、何度目か、ひときわ深く突き入れた瞬間、とうとう中へ放っていた。

それと同時に碧も達してしまう。

「……ごめん。早かった……?」

しばらくおたがいに熱い息を吐き出していたが、やがて真冬がちょっと恥ずかしそうに、上目づかいにうかがってきた。

大丈夫だよ…、と笑ってやると、ホッと息をつく。

「よかった…？」

「まあまあだな」

重ねて聞かれて、碧が採点してやる。

ちょっと不服そうに、真冬が口をとがらせた。

「えーと…、リベンジ、していい？」

若い身体は、まだまだ満足できないらしい。

だが本当は…、真冬はうまいのだろう。

碧の火照った肌も冷める気配がなく、真冬にねだられるまま、何度も抱き合った。

「慣れているようだな…」

ようやく少し落ち着いてから、碧はそっと息を吐く。

「そりゃ、まあ…。ちょっとはね」

もごもごと真冬が口の中でつぶやき、そして腕の中の碧の髪に顔を埋めながら、そっとため息をつくように言った。

「ずっと…、いろんな想像してた……。碧ってあの時、どんな声、上げるのかな…、とか。どんな顔するのかな…、とかさ」

「バカ」

目を閉じたまま、碧は鼻で笑う。

「洗濯前に碧の服、借りてさ…、俺、何度もしたよ」

「ヘンタイが…」

さすがに恥ずかしく、碧は上目づかいににらむ。

「思春期なんだからさ。あたりまえだろ、そのくらい」

しかし、しゃあしゃあと真冬が言う。

「一緒に暮らしてるのに触れないいんだからな…。ゴーモンだったよ。何度も夜中に襲っちゃいそうになったけどさ…」

「我慢したのか」

それでもケダモノではなかったわけだ。

「碧に捨てられたら嫌だからな」

その言葉に、碧はふっと胸をつかれる。

手を伸ばし、自分を抱きしめる真冬の腕をそっと撫でてやる。

……もしかすると、十五年前のあの時、真冬を見捨てる以上に今の自分はひどい男なのかもしれないな…、と思う。

「今日の碧、優しいな」

くすくすと真冬が笑った。

「ちょっとコワイ」

「ずいぶんだな。怒っていた方がいいのか?」

ううん…、と真冬が子供みたいに首をふった。ぎゅっと背中から抱きしめた腕に力を入れ、肩口に顔を押しつけてくる。

「血を吸ってもいいぞ?」

もう、これが最後だから。

「いい…」

しかしうっとりと目を閉じて、真冬がつぶやく。

「碧の中に入ってるから」

中に入りっぱなしのモノがわずかに動かされて、碧はそっと息をつめる。

「すげー、いい気持ち」

真冬がため息をつくように言う。

「すごい…、幸せ……」

そっと息を吸いこみ、そして真冬はささやいた。

「碧が好きだよ。ずっと…、ずっと一緒にいるから」

それから三日間、何度も抱き合った。朝も昼も。夜も。

『俺、今持ってるもの全部、碧にもらったんだよ……』

大きな笑みで、真冬はそんなふうに言った。

『俺の命も、俺の幸せも、俺の未来も、全部』

だが本当は碧の方が…、いろんなものを真冬にもらったのだ。

怒ることも、あきれることも。泣くことも、傷つくことも。楽しみも、喜びも、幸せも。

そして誰かを大事に……守りたいと思う、強い気持ちも。

合間には、この先、どこへ逃げようか、という相談もした。

まるで旅行の計画を立てるみたいに。

——恨むだろうか…?

と、思う。

拾って…、結局、捨てる自分を。

だが死神の手から、この世でいったい誰が逃れられるのだろう?

そんなことは誰よりもよく、碧がわかっていた。

一緒にいれば、自分が真冬を巻きこむことになる……。

ぐっすりと眠りこんでいる真冬を見下ろして、碧はそっと息をついた。

「残酷なことをする男だ」

左卿が低くつぶやく。

真冬が眠りこんだタイミングを見計らうように、左卿はこの別荘を訪れていた。

「すぐに忘れるさ…」

指先でそっと真冬の前髪をかき上げて、碧は思いきるようにベッドから腰を上げる。

「十五年の思いをか?」

「子供の遊びにつきあうのはここまでだ」

それに淡々と碧は言った。

「……そう言ってやってくれ」

ふり返って、左卿に頼む。

吉宗が薬で眠りこんでいる真冬の肩に飛び乗って、頬にネコパンチを浴びせていた。

◇　　　◇

天空には血のように赤黒い月がぽっかりと浮かんでいた。

碧は林を抜け、灰色の霧の中を歩き、目の前に現れた石の扉を押し開く。

地下へと続く階段を下りていくと、もう一つの扉が碧を迎える。

人の世に接してはいても、普通には立ち入ることのできない――そんな空間だ。

時間は正確だった。

懲罰委員会が開かれるのは、碧が知る限り、三十年ぶりくらいになる。

扉のむこうには、五名の上級委員が正面に、二十名の下級委員が半分ずつ左右に、そして告発者となる赤羽が碧から少し距離をおいた左側の位置に姿を見せていた。

そして四隅には、灰色のマントに仮面をつけ、長剣を携えた、警備なのだろう、兵役の死神がひっそりと立っている。

委員長が開会を告げ、赤羽が告発文を読み上げる。

自分の組んだ死者のプログラムを故意に邪魔をし、死すべき人間の寿命を延ばした――、と。

碧に、その事実認定を争うつもりはない。

「なぜそのようなことを？」

――ただ。

正面に座する上級委員の一人に問われ、碧はわずかにとまどったが、静かに答えた。

「もともとはなかった調整です。あの場所は私の現場でもある。勝手に荒らされるのは不本意でした」

「ふん…、白々しい言い訳を」

赤羽がそれに鼻を鳴らす。そしてあざけるように、どこか勝ち誇ったように言葉を放った。

「おまえが育てた吸血鬼のためだろうが！」

「なに、吸血鬼……？」

「育てただと？」

その言葉に、会が一気にざわめく。

「お待ちください。真冬に…、あの子に仲間を増やす力はない。吸血鬼といっても、我々の邪魔になるようなことはありません」

強いて冷静に、慎重に説明した碧に、赤羽がすぐに反駁《はんばく》してくる。

「なぜそう言いきれる？　仮にその半端な吸血鬼がもう一匹の吸血鬼と出会ったとしたらどうする？　同族は引き合うからな。半端者であったとしても、同じ吸血鬼同士の子であればそれなりの力を持つ場合もあるはずだ。先祖返りを生み出すようなこともな」

クッ…、と碧は唇を噛んだ。

確かにその言葉に反論するすべはない。

「我らにとっては厄害にしかならぬものを拾って育てるなど　死神としての立場を捨て、責務をないがしろにしてるとしか思えませんね。この際、その吸血鬼も一緒に始末しておくことを提案いたします。のちのちの憂いをなくすためにも」

「今は私の問題でしょう！」

皮肉な口調で続けられた言葉に、碧は思わず声を荒らげた。

「第一、人ならぬ生き物の生死に直接死神が関わってはならぬことは、全界会議で決まっていること」

「何、人間に狩らせればよろしいことでしょう」

それに、さらりと赤羽が返す。

碧は思わず目を見開いた。

「我々が直接手にかける必要はありません。人間に耳打ちすればいいだけのこと。……あれは吸血鬼だ、とね。何なら血液検査でもさせてみればいい。どこかの研究所のよいサンプルにでもなれば、まだしも人間にとっては使い道があるというもの」

高笑いとともに言った赤羽の言葉に、碧はゾッ…と全身の毛が逆立つ気がした。

「きさま…！」

思わず赤羽の首につかみかかりかけた碧は、するり…、と目の前に現れた白刃にさえぎられる。

仮面の死神が、いつの間にか、すぐ横に立っていた。

息を吸いこみ、碧はとりあえず足を引く。

「……いや、確かにその者の行動に問題はあろうが、今はそれが議題ではない」

その委員長の落ち着いた声に、ようやく場が静まり始めた。

「いかなる事情があるにせよ、一度記された死印を破ったのが事実とすれば、それなりの処罰はまぬがれぬ」

それは…、碧も覚悟はしていた。

「前例としてはいかがなものか？」

「懲役で確か、三百年から七百年の不定期刑の例があったかと思いますが」

委員長の問いに、脇《わき》にいた別の上級委員が答える。

音もなく、光もなく。むろん他者との接触もなく。それが数百年だ。それだけに耐え難い苦痛となる。

「むろん、身分資格は剝奪《はくだつ》の上、刑があければ下等階級からの役目となる」

「……はい」

碧は静かにうなずいた。

「聞けば、その者、緻密《ちみつ》でバランスのよい仕事ぶりで評価も高かったそうだが。冥界へ帰還した際には、査問委員の席が用意されていたとのこと。まこと、期待されておったのだがな…」

ふん…、と赤羽が鼻を鳴らした音がかすかに聞こえる。

——短くても三百年……、か。

碧は心の中でつぶやいた。

さすがに真冬はもう死んでいるのだろうな…、と思う。中途半端な吸血鬼に何年の寿命があるのかはわからないが。人並み、であれば、それが幸せだろう。

もう二度と、会うことはない。

せめて…、この先の人生がひとりぼっちでなければいいが……。

心の中でつぶやいた——その時だった。

ふいに、どこからか、ごごごご…、と地響きのような低い音が耳に届いた。

それは碧だけではないらしく、委員たちもいぶかしげにあたりを見まわしている。

その次の瞬間——。

パリン…！　と、何かが砕け散るような音が空間いっぱいに鳴り響いた。

碧は反射的に背後をふり返ったが、扉ではない。

「おお……！」

と、おののくような声がいくつも重なり、ハッと向き直った碧は、委員たちが一様に天井を見上げているのに気がついた。

反射的に上を見ると、ドーム状の天井に蜘蛛《くも》の巣のようなヒビが入っていた。

「何事だ…!?」

「いったい何が……？」

一見、石造りのように見える空間だが、実際にはそうではない。

必要に応じて、人間界の中に作り出した異空間なのだ。人間の目からは完全に遮断されており、もちろん強度もある。

天使や悪魔は認識ができても立ち入ることはできず、人間が迷いこんでくることはもちろんないし、壊れる——などということは、物理的にも不可能なはずだった。

呆然と死神たちが立ちつくす間にもヒビは広がり、そしてあっ、と思った瞬間、中心が一気に崩れ落ちた。

碧は反射的に隅へと飛び退き、片腕で頭をかばう。

が、その視界の中に——陶器のような破片とともに、黒い物体が一緒になって降ってきた。

——なんだ……？

と、目を凝らして見つめる中で、たたきつけられるように床へ落ちたその物体が、よろよろと身体を起こした。

人——だった。その形は。

しかし打ちつけた額からはどろりと赤い血が流れ出し、顔の半分は血まみれでよく見えない。

そしてそれをぬぐった手の甲は…、両方の指がすでに形もわからないくらいに腫《は》れ上がり、血まみれになっていた。

素手で……殴りつけていたのだろうか？　この天井を？

肘からも膝からも血は流れ出し、その壮絶な姿に赤羽が喉の奥で悲鳴を上げてあとずさる。

しかし碧は、ただ信じられないものを見るようにじっとその姿を見つめていた。

「ま…ふゆ……？」

どこか虚《うつ》ろだった表情が、その声に反応するように、ふっ…とこちらを向く。

確かに、それは真冬だった。

だが、碧の知っている真冬とは何かが違っていた。

氷のように冷たい、凶暴な表情と、そして……牙《きば》、が。

ゾクッ…と背筋が凍りつく。

吸血鬼ではあったがさほど力がなかった真冬は、牙と言っても八重歯に毛が生えた程度のものので、血を吸わせてやってもくすぐったかったくらいだったのに。

今はかなり太く、長く伸びている。

それが凶相に見せているのだ。

――いったいどうして……？

碧はただ呆然と目を見張る。

「な、なんだ…、この者は……っ！」

「と…捕らえろっ！」

恐慌した委員たちの声が飛ぶ。

真冬の意識がそちらに逸《そ》れ、仮面の死神たちがいっせいに刀を手に真冬をとり囲んだ。

「来るな…っ！」

真冬が叫ぶ。

腕をふりまわし、突きつけられる刀も見えていないように手近の一人に襲いかかる。その動き、スピードは、おそろしく速かった。あっという間に死神の背中をとり、羽交い締めにする。

「ぐぉぉぉ……！」

すさまじい苦悶《くもん》の声が大きく反響した。

真冬に腕をとられた一人が、二の腕のあたりを嚙みつかれたのだ。白い牙がグサリ…と突き刺さっている。

「真冬…っ」

まずい…、と碧も顔色を変えた。

このままでは——真冬が殺されても文句は言えない。

「真冬、やめろっ！　放すんだっ！」

必死に叫ぶが、憑《つ》かれたような真冬の目に碧の姿は映っていない。

「真冬…！」

碧は力ずくで引きはがそうと、がむしゃらにその間に割って入った。真冬の血に濡れた額を突き放し、強引に髪をつかむ。

「——っ…っ！」

と、次の瞬間、真冬の牙が碧の首筋に突き立てられた。

今までにないくらい深く、えぐるような痛みをともなって、真冬の牙が身体にめりこんでくる。ジン…、と頭の芯が痺れた。

「真冬……」

それでも碧は、身体が軋《きし》むような痛みをこらえて腕を広げ、ぎゅっと真冬の身体を抱きしめる。深く腕の中に抱えこみ、強張る指先で真冬の髪を撫でた。

「真冬…、私が……わからないのか……？　真冬……！」

何度も名前を呼び、真冬の重みを全身で受け止める。

真冬に血を吸われているのがわかった。ふわりと意識が吸いこまれる。肩から背中へ、自分の血が滴り落ちていく。

しかしそれと同時に、腕の中で大きく暴れていた力が少しずつ収まっていき、やがてぼんやりと真冬が顔を上げた。

「あ…おい……？」

虚ろな眼差しに碧の姿を映す。碧の存在を確かめるように小さく呼ぶ。

無意識に腕を伸ばして……そしてそのまま、力を失ったように一気に崩れ落ちた。

「真冬……！」

碧はあわてて床へ膝をつき、真冬の身体を抱き起こす。

「碧……」

ぼんやりとつぶやいた真冬の頭を、碧はそっと撫でてやった。

「おまえ…、どうして……?」

自分で尋ねながらも、本当はどうして、どころではない。

「捨てないでよ……」

泣きそうな顔をして、真冬が言った。血だらけの指が必死に碧の腕をつかんでくる。

「どこでも…、一緒に行くから……」

碧の腕の中で、少しずつ真冬の牙が小さくなっていくのがわかる。可愛い…、いつもの真冬の顔にもどっていく。

「碧と一緒に……、俺…、ぶちこまれてもいいからさ……」

「大丈夫か? おまえ…こんな……。まだ血が足りないんじゃないのか……?」

そんなことよりも、こんなに血を流している真冬の身体が危ない気がして、碧は気が気ではない。

「碧……」

しかし真冬はささやくように言うと、なんとか身を起こして顔を近づけてくる。ぬるぬると血にすべる手のひらで碧の頬に触れる。

「キス……して……?」

かすれた声でねだられて。

真冬の頭を支え、碧からキスをしてやった。

うれしそうに微笑んで…、大きく息を吸いこみ、真冬はことん…、と碧の胸に頭をつけたまま目を閉じた。

「真冬……!」

一瞬、最悪のことを想像して心臓が止まりそうになったが、しかし真冬の鼓動はきちんと動いていて、どうやら気を失ったようだ。

——いったい……?

「こりゃあ…、また派手にやったなァ…」

と、混乱する碧の頭上から、どこかとぼけたような声が降ってくる。聞き覚えのある男の声だ。

ふり仰ぐと、天空には毒々しい血のような赤い満月が輝いていた。

そして崩れ落ちた天井の端に、左卿がうずくまっている。ひらりと身軽な様子で地面へ降りてきた。

「おまえは……?」

空間が壊されるというあるはずのない異変にも、ようやく落ち着きをとりもどしたらしく、委員長が眉をよせて尋ねる。

――もちろん、人間でないことは感じているのだろう。

「通りすがりの悪魔ですが」

ひょうひょうと左卿が答える。

「おまえが…、この空間を破ったのか？」

静かに尋ねた委員長の声をさえぎるように、赤羽が叫ぶ。

「バカな…！　ここでは異界の者の力は発動されないはず。まして、人間の力で破壊できるものではない！」

「俺じゃないですよ。人間でもないしね」

「まさか…、その吸血鬼にそんな力などあるはずは……！」

左卿が肩をすくめるのに、赤羽が嘲笑《ちょうしょう》と疑いと恐れの入り交じった声を上げる。

「だって、ホントにそいつが壊したんだもーん」

相変わらずとぼけた口調で左卿が答えた。

「俺はそのあとについて来ただけでね。何かここで死神方が懲罰委員会をやってるということで、俺の方からもっとおもしろい議題を提出できるんじゃないかと思いましてね」

どこか意味ありげな言い方だった。

ちらっと碧に向けられた視線で、あ…、とその内容を察する。

「実はある死神さんから魂の横流し、というのをしてもらえると、このところ悪魔仲間の間で話題騒然……！　なんですよ」

「横流しだと……？」

左卿の言葉に、委員たちの間に緊張とざわめきが走った。

「そんなことがやすやすとまかり通っていては、身内の恥、っていうヤツじゃないですか？　死神方」

どこか楽しげな左卿の声を聞きながら、碧は膝の上で意識を失っている真冬の額を自分の袖口でそっとぬぐう。血の痕《あと》を消すと、その下は大きく皮膚が盛り上がっていて…、コブ、だろうか。骨に異常がなければいいが。

順番に頬や肘の血もぬぐってやる。

抱きしめる真冬の体温が、いつもよりずっと高かった。

満月のせいなのか…、あるいは身体の奥に閉じこめていた力を使ったせいなのか。

——無茶をする……。

碧はそっとため息をつく。

それにしても、真冬のどこにこんな力が眠っていたのか。

「……なるほど。それで、その者はわかっているのかな？」

委員長が信憑性《しんぴょう》を量るように、左卿に低く尋ねている。

いくぶん軽い左卿の口調に、しかし内容の重さはしっかりと感じているようだった。

「ええ。なかなか用心深いヤツだったらしくて、証拠、証言をとりそろえるのにちょっと時間がかかったんですけどね」

ちらっ、と左卿の鋭い眼差しが、肩越しに後ろの赤羽を貫く。

「な、何を……っ！」

さすがにこんな、委員たちが居並ぶ前でのあからさまな告発に、赤羽がもともとの蒼《あお》い顔色をどす黒く変えた。

「吉宗！」

左卿の声に呼ばれて、なぁご…、と黒ネコも天井から飛び下りてくる。

吉宗は見覚えのない大きな黒いリボンを首に巻いていて、左卿はそれを解くと委員長に手渡した。

その手の中でリボンが波打ち、幾重にも折りたたまれて一冊の本になる。

「まあ、それを解読してもらえばわかると思いますが。……また、そいつがなかなかせこい男でね。碧に罠《わな》を仕掛けて追い払い、エリア・マスターが交代する混乱を狙ってそっちの記録も改竄《かいざん》しようとしてたみたいなんですよ。……今までの横流しの罪も碧に着せようとしていたらしくてね」

そこまで言えば、すでに誰を指しているのかは明らかだった。

「な、何をバカな……！　そのような悪魔の言うことなど信用できるはずはない……！」

引きつった笑い顔で否定しながらも、赤羽の身体はジリジリとあとずさっている。

「捕らえよ…！」

そしていきなり背を向けて走り出したのに、委員長が仮面の死神たちに命を下した。扉を開ける間もなく赤羽はとり押さえられ、委員長の指示で冥界へと連行される。

灰色の霧とともに、スッ…、と、何やらわめき立てる赤羽と、それを捕らえた二人の死神の姿がかき消えると、それを見届けてから委員長が左卿に向き直った。

「それを伝えてくれるために、わざわざその男がこの空間を破ったのかね？　寿命をすり減らすほどの力が必要だと思うが」

碧の腕の中で気を失っている真冬を目線で示し、委員長が尋ねる。

「いや、真冬はただ碧を追いかけてきただけなんですけどね…」

それに左卿が苦笑した。

「しかし…、これほどの力を持つ吸血鬼を育てるとは……。それだけでも、死神としての資質は問われても仕方がありませんぞ」

他の委員から厳しい声が出る。

それに、さすがに碧も唾《つば》を呑みこんだ。ギュッと、無意識に腕の中に真冬を抱きしめる。

「いや、ふだんは本当に人畜無害な吸血鬼なんですよ、こいつ。ただ…、何でしょうね。満月の力と…、あとは精神的なものだと思いますが」

左卿がわずかに顔を上げて、うかがうように委員長を見た。

「むしろ碧が真冬に血を与えていたことで、ずっとこいつの本能を抑えてたんじゃないですか？」

ううむ…、と委員長が顎を撫でて考えこむ。

あ…、と碧も初めてその可能性に気づいた。

確かにどれだけ血が薄くても、発動する可能性は常にある。それこそ、先祖返りのように。

それを自分の血が抑制していたのだろうか……？

「赤羽が言った通り、仮に真冬が他の吸血鬼との子供なんか作った日には、最強の…、あなた方には最悪の吸血鬼が生まれるかもしれませんよ？　真冬の潜在能力が大きければなおさらですが」

左卿のその指摘は、どうやら全員の委員たちをうならせた。

「ですから碧の処罰についてですが、……ちょっと考えた方がいいんじゃないかと思うんですが？」

何食わぬ顔で言った左卿は、碧の顔を見て意味ありげに、にやり、と笑う。

碧は肩でそっとため息をついた。

どうやら悪魔に大きな借りができたようだった――。

結局この日、碧は処分保留ということで、そのまま家にもどってきた。

左卿の論法でいくと、うかつに真冬に子供を作らせないためには、碧をエサ代わりにつけておく方が安全だ――、ということらしい。

ついでに、どうやら底知れない真冬の潜在能力を押さえこむにも、碧をそばにおいて見張らせた方がよい、と。

前例がない議題の委員会の結論も、そのあたりに落ち着きそうな気配だった。

『ネコの鈴みたいなもんだな』

そう言って、シシシシシッ、と吉宗が笑う。

つまり何らかの事務的なペナルティとともに、碧は人間界にとどまることになりそうだ。

「……まったく。月夜に変身して世話をかけるなよ」

碧は拳《こぶし》で、ゴン、と横にすわっていた真冬の頭を無造作に殴りつける。

「変身かあ…」

それにガシガシと頭をかきながら、んー…、と真冬が難しい顔でうなった。

「実はあの時のことって、俺、あんまり覚えてないんだよね……」

目が覚めて、碧がいなくなっていて。左卿たちから懲罰委員会へ出頭したと聞かされて。おいていかれた——、と思った瞬間、何かがプチッと切れたらしい。

「でも俺…、案外、しつこいって。碧、知らなかった?」

にこにこと笑いながら、真冬が背中に抱きついてくる。……ぐるぐると包帯を巻いた両手は、まるでアニメの猫型ロボットのようになっていたが。

「おまえのおかげで、私の死神としての出世の道は閉ざされたがな」

なにしろ、真冬の「鈴」である以上、真冬が死なない限り、冥界には帰れないということだ。特に未練はなかったが、碧は意地悪く…、少しばかり照れ隠しもあって、そんなふうに言ってやる。

「いいじゃん。そんなの」

しかしあっさりと、脳天気に真冬は言い放った。

「その代わり、俺とのハッピーラブラブライフが送れるんだからさっ」

「何がハッピー……ライフだ」

さんざん、手間をかけさせてきたくせに。

「碧は幸せ者だよ? 生活費は俺が稼ぐし、家事だって俺がするんだし」

ずうずうしい言いぐさだが……まあ、そう言われてみれば、今現在、碧がしている雑用はほとんどない。楽な生活であることは否定できなかった。

「だから碧はさ…、ベッドで俺を待ってるだけでいいの」

ねっ？　と、調子に乗った真冬が、にっこり笑って碧の肩に顔を埋めてくる。

「いい拾いモノだっただろ？」

耳元でささやかれて。

「それはこれから評価してやるよ」

素っ気なく、碧は言った。


――そう。ベッドの中で。

スイートリィ・ブルー

『まふゆー、おまえ、そろそろ車買えよー。ドライブ行こうぜっ。刺身のうまいとこ』

すっぽりと身体が入っていたショルダーバッグから顔と前足を出して、ガリガリ、とバッグの表面をひっかきながら悪魔の使い魔である吉宗《よしむね》が訴えたのは、ＣＭのポスター撮りのために真冬《まふゆ》が現場までタクシーで向かっている途中だった。

今日の撮影は吉宗も一緒だったのだが、ネコ用キャリーは普通のネコみたいで嫌だ、とごねるので、そのまま連れて行けない時には真冬が吉宗専用のショルダーバッグで持ち運んでいる。ビジネスバッグよりマチが広くとられたコンパクトなタイプで、吉宗がバッグの口に顎《あご》を引っかけるようにして顔をのぞかせていた。

さすがにネコとの会話は不自然なので、真冬はカムフラージュに携帯をとり出して耳にあてている。

「あー…、欲しいとは思ってるんだけどさ…」

何度か考えたことはあったが、選びに行くヒマがなかったのだ。駐車場のことも考えないといけないし、でもあれば便利だろう、と思う。雨の日とか、碧《あおい》を職場に送っていくこともできるわけだし。

それに季節柄、やはり碧と花見とか行きたいな…、と思うのだ。

あれから三カ月——。

碧との生活は、以前のままにもどっていた。……少なくとも、表面上は。

懲罰委員会とやらから下されるはずだった碧の処分も保留のままで、碧は今までと同じように仕事を続けている。——らしい。

ただ真冬としては、いつその処分が下るのか、どういう処分になるのか、というのを考えると、正直気が気ではなく、気分も落ち着かない。

——ネコの鈴みたいなもんだな…。

と、あの時、吉宗はそう言って笑っていた。

碧は真冬にとって、ネコの鈴のようなものだ、と。真冬の見張り、というのか。

どうやら自分の中には自分の知らない力が潜んでいるらしい…、と真冬もなんとなく、その認識をせざるを得なかった。

あの時の記憶はほとんどなかったが、あとで吉宗から聞いたところによると、「世界の壁を破りかねないバカ力」だそうだ。

……つまり、自分がおとなしくしていなければ碧に迷惑をかける、ということで。

別に暴れるつもりなどはなかったが、しかしその「力」の自覚がないだけに、何をどう気をつければいいのかもわからない。

——絶対に力を使おうと思うな。

碧が真冬を叱《しか》ることはなかったが、あのあと、それだけを約束させられた。

——いいか？　絶対に、何があっても、だ。

ぎゅっと強く手を握られ、厳しい眼差しで言われて、真冬はわからないままにうなずいた。

だが、あれ以来、そんな自分の力がひょっこりと顔を出すこともなく。

以前と変わらず、もとのままの日常にもどって。確かに、自分たちの関係は何かが変わったはずなのに……おたがいにそれに知らないふりをしていた。

臆病《おくびょう》になってしまったのかもしれない。

碧が…、あの時、自分を受け入れてくれたのは、もしかしなくても別れることを前提に考えていたからだろう。

もう二度と会えなくなるから。だから、かわいそうに思って。

そんなふうに思うと、やりきれない気がした。

もし、今、真冬が誘って受け入れてくれたとしても——、それは単に、真冬の感情を、つまり「力」を抑えるために仕方なく、だろうか…、と思ってしまう。

それは碧に無理強いすることと同じなのだろう。

そう思うと、碧に触れるのもちょっと恐い。

——碧にとって自分は、本当にいつまでたっても面倒をかける子供のまま、なんだろうか
……？

歯がゆいのだが、だったらどうしたらいいのか、というのがわからない。

きちんと勉強をして。仕事をして。

デートとか。旅行とか、お泊まりとか。

普通の人間ならば、そんなあたりまえのステップが無意味な気もする。

『俺、フェラーリ乗りてー』

そんな真冬の深刻な悩みを察しているはずもなく、勝手なことをほざく吉宗に、真冬はむっつりと言った。

「ゼイタクだな…。そんな車、買わないぞ」

『えぇ〜！　芸能人なのに〜ぃ！』

大げさに、みゃぉぉ、と吉宗が鳴いた。

「芸能人じゃないし。ていうか、芸能人はベンツなんじゃないの？」

『ベンツでもいいけどさ、別に』

「俺がよくないって。そんな金、どこにあるんだ？」

生活に困窮しているわけではないが――死神の生活資金がどこから出るのか知らないが。いや、碧は一応、大学で講師をしているのだが――真冬が大学に入ってからは、とりあえず小遣いなどはもらっていない。

『心配するな。俺が稼いでやるからさっ』

「……期待しとくよ」

へらへらと言った吉宗に真冬がため息をついて答えた時、タクシーがすっ…、と白壁に囲まれた大きな鉄門の前へ停《と》まった。

今日はこの洋館を借りての撮影なのだ。

真冬はあわてて携帯を閉じ、吉宗の入ったバッグのベルトをつかむ。

「──あ、真冬くん！　こっちこっち！　急いでっ！」

料金を払い、領収書をもらって半開きだった門をくぐると、庭のむこうの玄関のあたりで、マネージャーの塚地理緒子《つかちりおこ》が大きく手をふっているのが見えた。

吉宗が窮屈そうに身体を伸ばして、バッグから飛び出す。

『ムードあるなー』

地面へ下りてぶるぶるっと身を震わせると、感心したようにあたりを見まわした。

個人の屋敷なのだろうか。むしろ、小さな記念館か博物館といった方がふさわしいようなたたずまいだった。年代のいった様子の壁には蔦《つた》がからみ、重厚なゴシック風の建物で、これは地下に吸血鬼の棺《ひつぎ》があっても驚かない。近場で探したのだろうが、よくこんな場所を見つけたものだと思う。

撮影スタッフはすでに到着しており、玄関を抜けたロビーのすぐ横の部屋が控え室にあてられているのか、何人もの人間があわただしく準備を始めていた。

中をのぞきこんで、よろしくお願いしますー、と一同に挨拶《あいさつ》した真冬に、おはようございますー、とか、どうもー、と明るい声が返る中、見慣れた茶髪がパッと大きくふり返って声を上げた。

「真冬！」

守田希《もりたのぞみ》という、真冬の高校時代からの友人だ。今も同じ大学に通っていて、仲はいい。

真冬がモデルとしての仕事を始めたのは大学へ入ってからで、それからまわりの人間は少し、真冬を特別な目で見るようになっていた。一歩退《ひ》くような感じか、あるいは逆に馴《な》れ馴れしく近づいてくるか。

その中で、夏月《なつき》もそうだが、希はそれ以前から態度の変わることのない友人だった。真冬としては気楽に、自然体でつきあえる一人だ。きちんと自分の夢を持ち、それに向かって進んでいる姿も、そばで見ていて気持ちがいい。

自分の未来が——将来がどんなふうになるのか。

どのくらい生きて、そしてどんなふうに死んでいくのか。

正直、真冬には想像できなかった。自分なりの夢を持っていいのかどうかさえも。

しかし希と話していると、その夢を達成できるかどうかということよりも、それに向かって進む今の過程を楽しむことがいいのかな…、という気持ちにさせてくれる。

希には自分の秘密を打ち明けてはいなかったが、多分、流れでそうなった場合、隠すことはないのだろう。

……ただそのことで希を何かに巻きこみたくはなかった。この間の夏月みたいに。

「よっ、希。やっぱり来てたのか」

真冬も顔をほころばせると、反射板やら、小さな扇風機やら、カメラ機材やらがおかれている中を用心深く抜けるようにして、とっとっ…と友達に近づいていく。

希はジーンズに腕をまくり上げたシャツ一枚というラフな格好だったが、私服の真冬も似たようなものだ。それにシンプルなジャケットを羽織っているくらい。

希は真冬よりずっと小柄な体型だがバイタリティと愛嬌《あいきょう》があり、カメラの仕事をしたいということだったので、真冬は親しくさせてもらっていたカメラマンを紹介した。今はそこでアルバイトをしている。

今日の撮影がそのカメラマンだったので、希にも会えるかな、と真冬もちょっと期待していたのだ。大学では学部が違っていたので、そうそう顔を見ることもない。

くりっと大きな目の、同級生の女の子たちには「かわいーっ」と声を上げられるアイドル顔で、どうやら撮影を手伝っていても時々スカウトの声がかかるらしく、本人としては辟易《へきえき》しているようだ。

「うん。モデルしてる真冬を見るのは初めてかな?」

どっしりと重そうなレンズを両手に持ったまま、にやにやと楽しそうに笑って言った希に、チッ、と真冬は舌を弾く。

「なんか、やりづらいなー」

「プロのモデルが何言ってんだよ」

「よく知ってるヤツに裏側見られるのって、はずかしーじゃん！」

もごもごと真冬は言った。

碧にも、できあがった作品を見てもらいたいとは思うが、撮影風景を見学に、と言われると、ちょっとためらってしまう。……まあ、碧は言いそうにもないが。

「――真冬さーん！　こっちお願いしまぁす！」

と、ドアのむこうからスタイリストの声がかかり、今行きます！　とふり返って大きく答える。

「じゃ、あとでな。――あ、今日、このあとは？　上がりなら一緒に帰れるか？　ひさしぶりに飯でも食おうぜ」

半分、身体は行きながら尋ねた真冬に、ダメダメ、と希が手をふる。

「終わったあとのが大変だよ。下っ端だからな。――あっと、そういえば大学、おまえ、図書館から呼び出しかかってたぞ？　本、返してないんじゃないのか？」

指摘されて、あっ、と真冬は声を上げた。

「忘れてた…」

「おまえなー、碧さんの立場もあるんだからさ」

やれやれ…、と希が肩をすくめるようにしてため息をつく。

碧は真冬たちの通う私大で講師をしている。確かに「弟」が呼び出しを食らうのは、立場上、問題だろう。

「俺、来週、特別講座でちらっとよるから。それまでに会えるんだったら持ってきとけよ。先生の事務所に預けてくれててもいいし。碧さんに頼むのはまずいんだろ?」

「真冬さーん! 急いでください!」

そんなことを話している間にも背中から声がかかり、真冬はふり向きざまに返事をしながら、あわてて手を合わせた。

「はい! ——悪いっ。じゃ、そうさせてもらうっ」

ひらひらと揺れる手に送られ、真冬はせかされるように衣装を着替えた。メイクをして、髪を整え、撮影にのぞむ。

吉宗も黒い毛艶《けづや》を際だたせるようにブラッシングされてご満悦なのか、喉《のど》をごろごろと鳴らしていた。

「——ハイ、真冬くん、目線こっちに。……OK。今度は少し動きをつけて……そうそう」

衣装を変え、あらかじめセッティングされていたいくつかの部屋や庭、階段、ホールなどをまわり、カメラマンの注文に応じながらポーズをとっていく。

「吉宗、肩に乗せられる？　――あ、そう！　いい感じ！」

シャッター音が心地よく空気を揺らす。

希も近くで見ているはずだが、撮影に入ると、意外と視線は気にならない。

途中で休憩を挟みつつ、撮影はかなり順調に進んでいるようだった。

「吉宗もいい毛並みだねー」

「ホント、いつもお利口だよねえ…」

「ちゃんといてほしいところにいてくれるし。動かないし」

「目線、きまるんだよねえ…！」

「こんなに撮影で手間のかからないネコ、初めてだよ」

「プロダクションに入れたら？　売れるよ、この子」

吉宗にそんな賛辞がスタッフから次々と送られ、用意してくれていたらしいネコ用ケーキがごちそうされている。

『チョロいな…、人間』

それをはむはむと食べつつ、フッ…と、吉宗はニヒルに笑ってうそぶいた。

それにしても、使い魔の副業は許されているのだろうか…、と真冬はちょっと疑問になるのだが。

吉宗のギャラ？　は一応、真冬の口座に入っているらしいが（というか、吉宗コミでの依頼だと一緒になっているのだ）、主人である左卿《さきょう》に支払わないといけないんだろうか？

妙にそれも腹立たしいが。

撮影は半日がかりで終了し、スタッフが片づけを始める中、お疲れさま、と上機嫌で理緒子が近づいてきた。

ようやく私服にもどって、玄関ホールの隅で床へ直《じか》に腰を下ろし、ペットボトルの水をラッパ飲みしていた真冬は片手を上げる。

「――ふぅ…。ね、今日はもうこれだけだよね？」

手の甲で口をぬぐい、顔を上げて確認した。

「ええ。そうなんだけど、ちょっと挨拶してほしい人がいるのよ」

と、いつもテンションの高い理緒子が、いつになく頬《ほお》を染めるような、少しばかりはにかんだ様子で真冬に頼んでくる。

「え…、誰？」

その様子に、まさか、恋人とか、結婚相手とか言うんじゃないだろうな…、と一瞬思ったが、幸か不幸か、そうではなかった。

「香港《ホンコン》で海外マーケティングを請け負っている大手広告代理店のエージェントなんだけど。今度、香港の大手メーカーが日本向けのＣＭを作るとかで、真冬、あなたがその候補に挙がってるんですって。それで今、来日してるんだけど、一度本人に会っておきたいっておっしゃってるのよ」

「へぇ…」

と、真冬は小さくつぶやいた。

香港の大手メーカー、と言われてもピンと来ないが、——職種もわからないし——なんかすごいことなのだろう、とは思う。

「実はこのお屋敷、その方の紹介なのよ。なんでもお友達の持ち物だとかで。日本での別荘みたいなものなんですって」

なるほど。ワールドワイドに人脈もある大物のようだ。愛想よく挨拶をして、印象をよくしておけ、ということらしい。

そういえばこの館の住人らしい姿は見かけなかったし、ふだんは人が住んでいないのだろう。豪勢なことだが、空き家にしたままだと、今流行《はや》りの「廃墟《はいきょ》ツアー」なんかのマニアが忍びこんできそうでもある。

「香港の人？」

「そう。でも日本語でぜんぜん平気よ。日本人と変わらないくらいペラペラだから」

「いいけど…、でも、あんまり夜、遅くなると困るかな…」

何、というわけではないが、最近少し、月夜になると身体の奥がムズムズするような気もして…、なるべく出歩かないようにしているのだ。満月が近いせいかもしれない。

ちょっと眉をよせた真冬に、理緒子があわてて手をふった。

「あ、今ここに来ているのよ。さっきまで少しだけ、撮影を見学してたんだけど」

「えっ？　そうなんだ…」

気がつかなかった。

目を丸くした真冬に、今、いい？　とうながして、二階を手で示した。

『真冬！』

それならば別に問題はなく、真冬としてもクライアントは大切にしておきたい。この先、大きな仕事になるのなら、なおさらだ。

ぞろり、と立ち上がった真冬の後ろから、吉宗がものすごい勢いで走ってきた。

『俺も行く』

と、腕から背中、肩へ駆け上がってくる。

その勢いに、真冬はわずかによろけた。

「吉宗？」

「……あら、吉宗も挨拶してくれるの？」

機嫌よく理緒子が笑うのに、みゃお、と吉宗が答える。

「どうした？」

それほど吉宗が積極的なのはめずらしく、階段を上がっていく理緒子の後ろからついていきながら、真冬は小声で尋ねた。

『さっき上の踊り場から見てた男だろ？　ちょっと…な』

こんなふうに言葉を濁すのもめずらしい。金色の目を瞬かせ、鼻をかすかにうごめかすようにして言った吉宗に、真冬はわずかに首をかしげる。

案内されたのは、裏庭に面した二階のテラスだった。傾きかけた夕日が床を赤く染め上げている。

長身の男の影が夕日を眺めるように背を向けて立っていた。

「ウォンさん」

一歩テラスへ足を踏み出し、理緒子がわずかにうわずった声で呼びかける。

どうやら、柄にもなくちょっと上がっているらしい。好みのタイプ、ということなのか。

おもむろにふり返ったのは、三十五、六、といったくらいだろうか。体格もよく、わずかに長い髪を後ろに撫《な》でつけた、渋めのいい男だった。仕立てのよさそうなスーツが身体にぴったりとして、よく似合っている。

「お手数をおかけして申し訳ありません、理緒子さん」

返ってきたのはテノールの耳に深く響く、いい声だった。流暢《りゅうちょう》な日本語だが、どことなく軽やかで艶のあるイントネーションに外国人の雰囲気がある。

なるほど、この声で名前なんかを呼ばれると、ふだん事務所や仕事場でも馴染《なじ》みがないだけにときめいてしまうんだろうな…、と真冬も内心で苦笑した。

アジアン・エグゼクティブ、というのか、人気のアジア系俳優のような雰囲気もあり、そういえば理緒子は一時期、香港スターに夢中だったっけ、と思い出す。

「とんでもないですわ。こちらこそ、ご挨拶の機会をいただきまして。……真冬、こちらアーロン・ウォンさんよ。——うちの日向《ひなた》真冬です」

「初めまして」

穏やかな声とともに近づいてきた男がするりと手を差し出す。

が、その背中の夕日がわずかにまぶしく、相手の顔が見えなくなって、真冬は一瞬、目をすがめた。

「あ…、初めまして。よろしくお願いします」

それでも営業向けの顔でとりあえず笑って、真冬もいくぶんぎこちなく手を伸ばした。

そして、軽くその手が握られた瞬間——。

ゾクッ…、と、背筋を何かが走り抜ける。

鳥肌が立つような……、ザワッと体中の細胞が震え出すような、妙に得体の知れない感覚だった。

——なんだ……？

反射的にふり払うようにして手を引っこめた真冬は、知らず息を呑《の》んで男を見つめた。

「真冬さん？」

その不作法にも、相変わらず、男は落ち着いた表情で真冬を見返している。目をそらすこともなく。

が、その目は少しも笑ってはいなかった。冷たく、何か体中がその視線に見透かされているような感覚に、スッ…と体温が下がった気がする。

「真冬？」

その強張《こわば》った真冬の表情に気づいたのか、とまどったような理緒子の声が遠くに聞こえる。

——その時だった。

『やっぱり…、こいつ、吸血鬼だ…！』

いきなり肩にいた吉宗が声を上げた。

「えっ？」

一瞬、意味がわからず、真冬は思わず肩口に視線を向けて聞き返す。

——吸血鬼……？

と、その瞬間、男の表情が変わった。

穏やかに形作っていた笑みが抜け落ちるように消え、ただ冷酷な眼差しが突きつけるように肩の吉宗に注がれる。

「悪魔の使い魔か…」

ふん…、と鼻を鳴らすようにして口の中で小さくつぶやくと、ふわっ、と空気にそよぐように伸ばした手を吉宗の鼻先に向け、パチン、と顔の前で指を弾いた。

「な…」

ふっ、と突然、目の前で起こった風――熱風に、真冬は反射的に片腕で顔をかばう。と同時に、手のひらを吉宗の小さな顔の前にかざすようにして、その襲いかかる熱をさえぎった。

「あつ…っ…!」

手の甲を、瞬間、焼けるような痛みが広がる。

吉宗がくるりと反転するように後ろ向きに跳ね、真冬の肩から飛び降りてわずか後方に着地した。全身の毛を逆立て、シャーッ、と鋭く威嚇する。

「ちょっと…、どうしたの?」

理緒子がいる方とは反対側だったので、その一瞬の攻防は見えなかったのだろう。

気がつくと、火傷《やけど》したかと思った手の甲は何ともなく、真冬は思わず目を見張った。

幻覚――のようなものなのか。

「どうも…、私はネコとは相性が悪いようだ」

苦笑するように男が言い、理緒子をふり返る。

そして何気なく、理緒子の顔の前でスッ…、と、指を顎のあたりから額まで泳がせる。すると次の瞬間、ふっと理緒子の身体から力が抜け、ぐったりと男の腕に倒れかかった。

　ハッと、真冬は息を呑む。

「何をした…!?」

「少し眠っていてもらうだけだ。人間を交えるとやっかいだからな」

　叫んだ真冬に男はさらりと言い、理緒子の身体を抱き上げてテラスにおいてあったイスにすわらせた。

　一瞬、拳《こぶし》を握って身構えた真冬だったが、とりあえず危害を加える気がなさそうで少し気持ちを落ち着ける。

「あんた…、いったい…?」

　その男の様子をじっと注意深く眺めながら、真冬は息をつめるようにして尋ねた。

　――争う気はない……ということだろうか？　だがずいぶん挑発的な気もする。

「おまえの同族だ。――わかっているだろう?」

　向き直り、ゆったりとした笑みで男が言った。

　真冬はそっと息を吸いこむ。

　――同族。吸血鬼――なのか……。

　自分が何であるのか、どういう存在なのか。

　それはかなり小さい頃から知っていた。碧はそれを隠すことはしなかったから。

碧や左卿のように、この人間界を「訪れている」者ではない。死神や悪魔のように、他に帰る場所があるわけではないのだ。

もともとこの世界に生まれ、この世界で育ち、この世界で生きていかなければならない——それも異端の存在として。

もちろん、この世界には自分の他にも「吸血鬼」がいるだろうことは想像していたが…、しかし出会う確率はかなり低いだろうとも聞かされていた。

だから今まで、そういう「仲間」の存在を現実的に考えたこともなかったのだ。

それでもやはり、CMに顔を出したり、この間のように何かやらかしたりしたら、耳に入ってくる、ということなのだろうか。

「うれしいね。こんなところに同族が生き残っていたとは…」

男が口元で笑うように言った。

自分と同じような仲間がいる、というのは、真冬には妙な感じだった。うれしい…、というのか、とまどってしまう。

きっと自分よりは長く生きているのだろうし、仲間ならば聞いてみたいこともある。寿命だとか、自分の持っている「力」についてだとか。

しかしこの男は——。

何かが違っていた。自分が思っていた「仲間」とは。

「俺に…、何の用……？」

無意識に腹に力をこめるようにして、真冬は尋ねた。

「おまえを迎えに来た」

それに男が静かに答える。

「おまえは死神や悪魔などと一緒にいるべきではない。我々は人間以上の能力を持ちながら、……いや、それゆえに、なのだろう。常に人間どもに狩られる運命にあった。それでも細々と命脈をたもってきたのだ…」

まっすぐに見つめられ、続けられた言葉に、飲みこまれるような威圧感を覚える。

「狩られる……？」

その言葉の鋭さにゾクリ…とする。

知らず、真冬はかすれた声でつぶやいた。

「そうとも」

うなずいた男の目が憎しみに色を変える。

「生まれた時は、受け継いだ血におびえた親に捨てられ…、あるいは、母親の手で殺される者も多い。今は純粋な吸血鬼同士の子供など、ほとんど存在しないからな。そして生き延びても、常に自分たちとは違うと気づいた傲慢《ごうまん》な人間の襲撃にさらされている。異質な存在を異質だという理由だけで排除しようとする。どれだけ人間が残酷な生き物か…、おまえにもわかっていい頃だと思うが」

そんな言葉に、真冬はとまどったまま唇をなめた。頭の中が混乱してくる。

「でも俺の…、吸血鬼としての血って相当薄いんだろ…?」

だから吸血鬼ではない——などと言うつもりはない。

しかし真冬自身は、そのことで命の危険を感じたことはなかった。

「どうやらおまえには狩られる者の痛みがわからないようだな…」

どこか哀れむような、あるいは嘲笑《ちょうしょう》するような目で男が真冬を眺めた。

「それは…」

真冬は思わず声を上げる。

……確かに、そうなのかもしれない。碧に拾われてからずっと、幸せだった記憶しかない。

碧に与えてもらうものがすべてだった。

だが碧に出会う前の——母親に捨てられた時の体中が破れそうなほどの痛みとさびしさ、悲しみは、今でも記憶の底に生々しく刻みこまれている。

『もう嫌なの！　私には無理なのよ…！　なんで……なんで普通の子供じゃないのっ!?』

顔はもうほとんど覚えてもいなかったが、ふり絞るようにして放たれた母のその声だけは今も耳に残っていた。

真冬はゴクリ…、と唾《つば》を飲み下した。

「あんた…、何年生きてるの…？」

「私か？　そろそろ四百五十年ほどだな」

男はさらりと答えた。

「人間だけではない。死神や悪魔どもも同じだ。……いや、さらに始末が悪いかもしれん。自分たちの利用しやすいようにこの世界を管理している。そのために邪魔な我々を排除しようとしているのだ。あまり力を持たないうちにな…」

「でも俺は…、ちゃんと碧に育ててもらったよ！」

その真冬の叫びに、男は片頬に皮肉な笑みを刻んだ。

「ペットか何かのつもりだろう。あるいは、おまえの能力を抑えこむために、あえて身近においているのかもしれんが。そんな連中にやすやすと飼い慣らされているとはな…」

ほとほとあきれたように、男がため息をついてみせる。

その言葉に、ハッと真冬は息を呑んだ。

――能力を抑えこむために……、そのためだけに、碧は……？

真冬はぎゅっと唇を噛《か》む。必死にその考えを頭の中からふり払った。

そして、キッ…と男をにらみつける。

仲間、なのだろう。この男は。

初めて会った……そして、もしかすると最初で最後かもしれない。

でも。

「今いる吸血鬼って……、みんなそんなふうに考えてるのか……？」

真冬は震える声で小さくつぶやいた。

うん？　と真冬のその問いにわずかに眉を上げ、しかし男はそれには答えなかった。

「私と来い、真冬。おまえの力は死神になど管理されるべきものではない」

腕を伸ばし、ただ力強く言う。

――管理……。

その言葉に、ぎゅっとつかまれるように胸が痛くなる。

鈴をつけられている、ということなのだろうか。自分は、碧に。死神に。

「真冬…、我々は同族だ。ようやく見つけた血族なんだぞ。私ならばおまえを裏切ったりはしない」

『勝手なこと言ってんなよ、おっさん』

と、いきなりいらだったような吉宗の声が響いた。

『真冬はここでちゃんと努力してるんだ。人間ともうまくやってる。あんたみたいにセーカクがゆがんでなかっただけだろ』

ガリガリと床をかき、あっと思った時にはしなやかな身体を跳躍させて、男の顔めがけて飛びかかっていた。

「ちっ…、使い魔の分際で…！」

しかし男はそれを片腕で払い、激しく床へたたきつける。

吉宗はあやうく足から着地したが、それを待つように男の手が動いた。

「やめろっ！」

また何か…、と思った瞬間、とっさに真冬は転がるようにして吉宗の身体をすくい上げる。

と同時に、その床がいきなり発熱したように、カッ…赤く色を変え、おそろしい熱を持って燃え上がった。

『こえ――っ！　なんだよ、こいつっ！』

なんとか膝《ひざ》をつき、立ち上がった真冬の腕の中からいそいで肩に這《は》い上がると、吉宗が毛を逆立てる。

真冬も肩で大きく息をつく。そして、男を見上げた。

「俺、あんたとは行かないから」

片手で吉宗の黒い背中を撫でながら、真冬はきっぱりと言った。

「俺は…、今の生活に満足してる。今の生活を守りたいと思ってる」

「人間にまぎれて…、人間のふりをして暮らしたいということか？　腰抜けが…」

男の表情がいらだたしげにゆがんだ。

「別に争う必要はないだろ？　俺は…、碧と一緒にいたいだけだ。碧や、他の友達と一緒に生きていきたいだけだから」

ふっ、と男が真冬の真意を確かめるように目をすがめる。

と、その時だった。

「——真冬ーっ！」

階下から希の声が聞こえてくる。

「上にいんの——っ？」

言いながら、階段を上がってくる軽快な足音。

「希…！」

来るなっ、と、とっさに叫びかけた時、男がふわり、とテラスの方へ後退した。

「……ムダなことだ、真冬。おまえはいずれ、血に目覚める。そうすればおまえも狩られることになる。人間にも…、悪魔や死神どもにもな」

ハッと顔をもどした真冬に言い、低く笑う。

そして次の瞬間、テラスの手すりを飛び越えて、そのまま姿を消した。

あっ、と一瞬思ったが、……吸血鬼だ。落ちて死ぬようなこともないのだろう。

ホッ…、と、知らず肩から力が抜ける。よほど気を張っていたのだと、ようやく自覚した。

『やなやつ…』

男の消えたあたりをにらみつけながら、ボソリ、と肩で古森がつぶやいた。

吉宗の言ってくれた言葉がなんとなく、ほんのりとうれしくて、真冬は指先でくしゅくしゅとその喉元を撫でてやる。

と、希が階段を上がって姿を見せた。

「あ、いたいた。……あれ？　理緒子さん、どうしたの？」

そしてイスにすわってぐったりとしている理緒子を見つけ、首をかしげた。

「いや…、なんか、疲れてるみたい。……なに？」

「先生が写真、見てくれないか、って。今、便利だよね。デジタルだし」

「わかった。りおさん、起こしていくよ」

了解、と片手を上げてバタバタと下りていく希を見送って、真冬はちらっと肩の吉宗を横目にすると、そっと言い聞かせた。

「……あいつのこと、碧には言うなよ？」

『なんで？』

ふみ？　という鳴き声で、真冬は難しく眉をよせる。

「心配させるだけだろ…」

それに、カカカッ、と吉宗が前足で顎をかいた。

『左卿に聞かれたら言わないと、だけどなー。俺、一応、使い魔だし』

「一応なのか？　――いや、だから、こっちから言わなきゃいいの」

『ま、いいけど』

吉宗がぺろぺろと前足をなめて答える。

「別にあいつだって…、俺に一緒に行く気がないのがわかれば、これ以上、何か言ってくるわけじゃないだろ」

『まぁ…、もともと吸血鬼ってのは仲間内でつるむこともあんましないみたいだけどなー』

吉宗がさらりと言った。

だったらなぜ……、声をかけるようなことをしてきたのだろう……？

ふと、真冬の中に黒い染みのような不安が広がってくる。

「真冬ーっ！」

階下から希の声がする。

「すぐ行くっ」

大きく声を上げて、真冬はイスでぐったりとしている理緒子に近づいた。

ぴょん、と吉宗が肩から飛び下りる。

と、その寸前——。

『……アーロン・ウォン、だっけ…？　どっかで聞いたことある名前だな……』

思い出したように、ポツリと吉宗がつぶやいた声がかすかに耳に届いた——。

※　　　※

「ほら、早くっ！　碧――っ」

　階下からギャーギャー騒ぐ真冬の声に、碧は長い息を一つついて手元の本を閉じ、ようやく腰を上げて書斎のドアを開いた。

　階段まで姿を見せると、早く早くっ、と真冬があせった顔で手招く。

　下りていった碧の手を引っ張りながら真冬が壁の時計を確認して、「あと三分くらいかな…」と口の中でつぶやく。

「次の番組の本編が始まる前なんだって。――ほら、碧っ」

　説明しながら、せかすようにしてリビングに入った碧をテレビの前の特等席であるソファにすわらせた。

「今日見損ねたって、この先何度もやるんだろう？」

　さりげなく落ち着いた様子で腰を下ろしながら、碧はいかにもあきれたようなため息をついてみせる。

　それに真冬が、わざと拗《す》ねたふりをして口をとがらせた。

「ダーメだって。碧、そんなこと言って、いつもろくにテレビなんか見ないくせに」

「そのうち見るよ」

ふだんと——以前と何も変わらないような、その口調。表情——を、碧もやはり素知らぬふりで受け流す。

この日は真冬の出演したCMが初めてオンエアされるということで、家のリビングで鑑賞会が行われていた。やはり出演ネコである吉宗と、飼い主の左卿も顔を見せている。

「お。これか」

三十七インチの液晶にその映像が浮かぶと、すでに脇《わき》の一人がけのソファに陣どっていた左卿が小さくつぶやく。

もともとがお祭り好きの悪魔は、こういったイベントごとが楽しいらしい。

大画面の中で、モノトーンから水に落としたインクのようにあっという間に色彩が広がっていき、その中に真冬の姿が現れる。

新しい炭酸飲料のCMだった。瓶入りの、ノンアルコールのスパークリングワインに近いイメージで、値段設定もいくぶん高く、しかし値段以上の高級感はある。

テレビの中の真冬はモデルらしく、設定を変えたシーンで次々と衣装を変え、ポーズをきめていた。

ラストショットはやはり、少し前に出版されて話題になっていた夏月の本のイメージなのか、燕尾服《えんびふく》にマントをひるがえした「吸血鬼」のスタイルだ。

『使い魔の誘惑――ベルベット・ブルー』

クールなナレーションとともに、フルートグラスを片手にした真冬の横顔が、スッ…と正面、カメラ目線に向き直る。

みゃお…、とネコの鳴き声が入り、重厚なイスに足を組んで腰を下ろしていた真冬の膝に黒ネコが飛び乗る。しっぽを鉤《かぎ》状に折り曲げ、金色の目が肩越しにふり返ったところでシャッター音が響き、そのイメージが切りとられる――。

瞬きもせずに見つめていたのだろう。

ほんの十五秒かそこらのＣＭは、あっという間だったはずなのに、碧には深い夢から醒《さ》めたような気がした。

映像の中の真冬は、碧が知っている男とは別人のような表情をする。無邪気さとクールさと生意気さ。そんなものが混じり合った雰囲気はそのままだが、決して碧に見せるような人間くさい表情はない。硬質な、おとなの横顔だ。

「ほう…、こうしてみるとそれなりに見えるな…」

顎に手をやって、左卿が感心したようにつぶやく。

「それなりってなんだよ…？」

もともと相性の悪いらしい男を横目ににらみ、真冬が口の中で文句をたれる。

そしてうきうきと弾む声で、真冬がソファの背もたれ越しに首に抱きつくようにして尋ねてきた。

「どうよ、碧っ？　カッコイイ？」

何気ないように前にまわされる腕の感触に、ゾクリ…、と肌が震える。背中からこめかみや頬にあたる真冬の頬や髪の毛に無意識に息をつめる。

「いいんじゃないのか？」

しかし碧は特に感情を見せることなく、そっけない調子で答えた。

「なんだよー、その気のない言い方っ」

むーっ、と真冬がむくれたふりをしてみせる。

『俺が主役じゃーん』

と、その横で吉宗がぴょんぴょんっ、と跳ねて、碧のすわるソファの背へと飛び移ってきた。

『ギャラ、半分よこせ』

「鰹節《かつおぶし》一年分か？」

前足で真冬の肘《ひじ》をひっかくようにして言った吉宗に、真冬がにやにやと笑って返している。

『生節《なまぶし》の方がいいな』

「そういえば、もらい物の笹《ささ》カマ、とってあるぞ」

思い出したように言った真冬に、吉宗が両足をぽん、と真冬の腕に乗せ、しみじみと言った。

『いいヤツだな、おまえ』

そのまま肩に這い上がった吉宗を連れて、真冬はキッチンへと入っていく。

あのふたり——一人と一匹は、ケンカ友達というか、あれでなかなかいいコンビらしい。

三カ月前に自分をおいて一人で懲罰委員会へ出向いた碧のあとを追い、真冬が飛び出して行った時にも、ずいぶんと飼い主の左卿をせっついて様子を見に行かせたのだ、と左卿が言っていた。

「あれから委員会の方は何も言ってこないのか?」

その後ろ姿をちらりと眺めて、左卿が尋ねてくる。

「ああ」

と、碧は短く答えた。

「……まあ、そろそろだろうとは思うが」

真冬のことにしても…、このまま野放しにしておくとは思えない。

「——碧っ、碧も食べる?」

と、開けっ放しのドアのむこうから、真冬が大声で尋ねてくる。

「食うってよ!」

代わりに声を上げた左卿に、あんたに聞いてねーよっ! と真冬のわめく声がする。

以前と——真冬と身体を合わせる以前と、何も変わりないような様子で、やはりどこかが違う。薄いガラスを一枚挟んだような距離感――というのか。

だがそれは、それより前にすでにできていたものかもしれなかった。

真冬が……そして、碧が、自分の気持ちを自覚した時から。

今、真冬は碧の気持ちをうかがっているようにも思えた。

このまま、自分の気持ちを押しつけていいのか…、と。

そして碧自身は……、やはり少し、とまどっているのだろう。

嘘のない真冬の気持ちはうれしい。

ただ自分の存在は……もしかすると真冬にとって危険なのではないか、と思う。

真冬の力が、無自覚に、感情のままに解放されるものだとしたら、自分が真冬を鎮めることはできるのかもしれない。だが同時に、自分のために、真冬は力を使ってしまうかもしれないのだ。

……この間の時のように、だ。

もし、今度、真冬があの力を使えば――。

「そういえば、うちの方でもまだちょっとゴタゴタしてるんだよな。……この間、赤羽《あかば》が横流ししてた先。そいつが逃亡中でなー…」

真冬の声に片頬で笑ってから、左卿が碧に向き直って言った。

前髪を指先でかくようにしてため息をついた男に、碧は、ああ…、とうなずいた。

赤羽という碧の同僚でもあった死神が、「これから死に行く者」の情報を悪魔の一人に流していた——、という話だ。

赤羽は冥界《めいかい》へ強制送還され、それなりの処罰を受けることになるのだろうが、流した死神がいるということは、受けとっていた悪魔がいるということだ。

これだけのんびりとかまえているということは、左卿がその追跡の任を負っているわけではないのだろうが、まあ、多少なりとも関わった者としては気になるのだろう。

「魔界から追撃を繰り出して捕まえられないのか？」

いくぶんからかうように言った碧に、左卿が肩をすくめる。

「言っても、それほど力のあるヤツじゃないらしい。ただ、逃げ足だけは速いんだろうな。それか、誰かにかくまわれてるか……」

——と、その時だった。

リリリン…、とかすかな、鈴を鳴らすような音が頭の上で鳴る。

ドアチャイムとは違う。

緊急、もしくは重大な連絡事項が冥界から入った時の音でもない。

——これは。

「うん…？」

ふっと、無意識にだろう、左卿が身体を緊張させる。

碧もわずかに息を呑んだ。

素早く気配に気づいたのか、ものすごい勢いで真冬より先にもどってきた吉宗が左卿の膝に駆け上がる。

「……碧、お待た……、——えっ？　なんだ、おまえ……？」

そして皿を片手にした真冬が、リビングの戸口で呆然《ぼうぜん》と立ちつくした。

玄関の開く音もなく。足音もせず。

「ひさしぶりだな、碧」

いつの間にか碧たちの前に立っていた男が、まっすぐに碧を見つめていた——。


「君らしくもないな、碧」

翌日——。

マネージャーの理緒子が迎えに来て、真冬がしぶしぶながら仕事に出てから、リビングで碧は浅葱《あさぎ》と差し向かいになっていた。

ゆうべは左卿たちが帰ったあと、まるで全身の毛を逆立てるみたいにして真冬がひどく彼のことを警戒していたので、ろくに話もできないままだったのだ。

「そうかな?」

冷静に指摘された言葉を、碧はなかばとぼけるように受け流す。

真冬がいないので、めずらしく自分でお茶を淹《い》れていた。味の保証はないが、とりあえず客にも出してやる。

ゆうべから滞在している客は、榊《さかき》浅葱——という、碧と同じ死神だった。

五年ほど前まで、碧と同様の任務に就いており、ちょうど赤羽のいたエリアを管轄していた。つまり隣接するエリア・マスターということで、それなりの交流はあった。

任期が明け、浅葱が冥界へ帰ってから会うことはほとんどなかったが、確か今は監査委員会に所属していたと思う。

……そしてその仕事の一環で、また人間界へ来たわけだ。

冷静で、有能な男だった。決して環境に左右されず、まわりの——人間たちの感情にふりまわされることもなく。悪魔や天使や、そんな存在の思惑をよせつけることもなく。

それは優秀な死神としての資質でもある。

常に理性的に仕事をこなし、能率的に、大きな成果を上げていた。

だからこその抜擢でもあったはずだ。「監査委員」というのは、数ある冥界の委員会の中でもかなり重要度も地位も高かった。

そして、監査を受ける、というのはそれ自体、不名誉なことであり、事実上、無能者の烙印《らくいん》を押されることにも等しい。

ただ碧としては、今さら自分がどういうポジションにおかれようが、どんな目で仲間たちから見られようが、さして気にはならなかったが。

開き直った、というのか、腹を決めた――、というのか。以前よりずっと、肩の力は抜けていた。

むしろ、碧にとっては真冬の気持ちにどう応《こた》えるかの方が遥かに難しい問題だった。

真冬にどれだけの寿命があるのか。そして、どれだけの「力」があるのか。どうすれば、それを自分が制御してやれるのか。

そんなことも把握してはいないのに、自分に真冬の人生――と言っていいのか――を受け止める資格があるのか……。

「以前のおまえなら、わざわざやっかいごとに首をつっこむような愚かなマネはしなかったはずだ。しかも、他のエリア・マスターの仕事の邪魔をするとは」

ひやりと背筋が凍るような冷たい口調で言った男に、碧はさらりと答える。

「魔が差したということかな。……死神であっても」

まったく動じるふしのない碧に浅葱があからさまなため息をつき、間を持たせるように碧の淹れた紅茶に手を伸ばした。

一口つけてからわずかに顔をしかめたところを見ると、少し渋かったかもしれない。

「私ももっと注意をするべきだったな…。君があの吸血鬼を拾った時に」

そんなふうに言われて、碧はふっと、微笑《ほほえ》んでしまった。

十五年も前の、あの時のことを思い出して。

必死にしがみついてきた、小さかった真冬を——。

くすぐったいように温かな思い出だ。

そんな碧の表情を、わずかに眉をよせて浅葱が不可解そうに眺めてくる。碧にさしてあせった様子がないのが不思議なのかもしれない。

「のんびりとかまえている状況ではないと思うが？　最近、人間界の吸血鬼どもの動きも少しおかしい。やはりこの間のあの子の動きに呼応しているのだろう。早めに手を打たなければ大変なことになる可能性がある」

そんな浅葱の言葉を聞きながら、碧はゆっくりとカップを持ち上げた。

やはり渋い。どうも真冬のようにうまく淹れられないな…、と小さくため息をつく。

向き不向きもあるのだろうが…、意外と碧が頓着しない分、真冬が料理や掃除や、家事一般、手際よくこなせている。

「それで、冥界の委員会…、理学委員会あたりは真冬の能力を何だと考えているんだ？」

舌が痺《しび》れるような渋い紅茶を我慢して飲みながら、碧は落ち着いた様子で尋ねた。

「真冬は吸血鬼としての血は薄い。なのに、あの時に見せた力は普通の吸血鬼を大きく上まわっている」

「できれば、その理由も調べたいと思っている」

重々しく浅葱が答えた。

「だが、理由がわからないにせよ、あの吸血鬼が世界の均衡にとって有害だと認定されれば、冥界としては四界連絡会へ報告を上げることになる。そうすればおそらく、越境執行部《ノンボーダー・エクスキューション》が動くことになるだろう」

その言葉に、カップを持ち上げる碧の指が一瞬、止まった。

四界連絡会——と呼ばれる、天界、魔界、冥界、浄界の四つの世界の代表が定期的に集まる会合がある。

それぞれの世界の住人が頻繁に行き来するのは四界の中央にある人間界であり、何か衝突なり、問題が起こるのもそこなので、なるだけそういった問題を避けたり、調整したりするための会合だった。

それぞれの世界の住人が起こしたトラブルについては、それぞれの責任で解決すればいいわけだが、とり決めによって基本的に人間界に生きる者たちに直接の手出しをすることは禁止されていた。

人間はもちろん、人間界に生まれた吸血鬼や狼《おおかみ》男、その他の妖怪《ようかい》や異端の生物についても、——だ。

なので、冥界の死神たちが直接、人間や吸血鬼に手を出せるわけではない。

だが、もしその存在が世界のバランスを崩す恐れがあると連絡会で判断された場合、越境執行部といわれる部署へ処理が送られる。

それぞれの世界から優秀な戦闘能力を持つ者たちだけが集められた精鋭部隊で、彼らは速やかにその危険分子をとり除いていく。

文字通り、世界から「抹殺」されるのだ――。

碧はようやくそっと息を吐き出し、乾いた唇を渋い紅茶で湿らせた。

そして静かに口を開く。

「真冬は…、自分にそれだけ大きな力があることもまともに自覚していない。自分でそんな力を使うことなど考えるはずはない」

が、それに浅葱はまっすぐに碧を見つめたまま、冷静に返した。

「それは自分でコントロールできないということだ。それだけに危険だと言える」

……そう。確かにその通りなのだろう。

碧は思わず目を伏せる。

「碧、君はこのまま真冬と一緒にこの世界で生きていくつもりなのか？　生きていけると思うのか？　真冬には…、おそらく吸血鬼だけでなく他の血が入っているのだろう。そのために力が増幅されているのだと思う。だとすると、この先、どんな変化をするのかもわからない。この世界にとって有害なだけでなく、君がヘタにかばうのなら執行部は躊躇《ちゅうちょ》なく君も一緒に始末するはずだ。それでも」

「それでも――」

たまらず、浅葱の言葉をさえぎるように碧は声を上げていた。

必死に冷静さを保ってはいたが、「有害」とまるで真冬が害虫のように言われるのは我慢できなかった。

「真冬は私が育てた。真冬のことについては私が全責任を負う。必要ならば…、一緒に処分すればいい」

迷いのないはっきりとした碧の言葉に、一瞬、目をすがめるようにして浅葱が碧を見つめ、そして深いため息を吐き出した。

「いろんなものを見誤っているように思えるが？」

それは、浅葱なりの忠告なのだろう。

――ただ。

「何に価値を見るかだ」

淡々と言って、碧は渋い紅茶を飲み干した――。

※　　　※

「……おまえ、あいつのこと、前から知ってた？」

『あいつって？』

「榊浅葱」

ぶっきらぼうに言った真冬に、ああ…、と言うように、みゃご、と吉宗が鼻を鳴らした。

撮影スタジオへ向かう車の中――。

運転する理緒子の後ろで、真冬は膝の上に乗せた吉宗とコソコソ話をしていた。

『私を嫌うのはかまわないが、自分の感情くらいまともにコントロールできるようにするんだな。むやみに爆発させて命を縮めたくはないだろう。おまえも…、碧のもな』

昨日言われたそんな冷酷な言葉を思い出して、真冬は思わず拳を握りしめる。

『前に会ったことはあったぜ。わりと近くのエリアだったし。でも優等生ってタイプで、ソツなさ過ぎてつまんねー。真冬の方がおもしろくて遊べていいぞ？』

「俺はネコじゃらしか」

ネコにそう褒められる（？）のも複雑な気分だ。

『あ、でもあいつ、こっちにいた時は写真家か何かの仕事、してたぜ。風景写真だったかな。

似合わねーの。稼ぐ必要もねーから、そんなに仕事量はなかったと思うけど』

へぇ…、と真冬は小さくうなった。確かに似合わない。何かねちっこそうな、微生物とかの研究資料的な写真ならわかるが。

「あいつ、いつまでいる気だろ…？」

『当分いるんじゃないのか？　真冬の監視だろ。しばらくはいい子にしてるんだな』

うんざりとため息をつくように言った真冬に、シシシシシ、と吉宗が笑う。

『あいつがいる限り、碧とのえっちはお預けニャンだな～』

金色の目を瞬かせてにやにやといやらしく言った吉宗をにらみ下ろし、真冬はぴんっ、とデコピンしてやった。

『――てっ！　ドーブツ虐待っ』

「よけいなことは言わなくていいんだよっ」

碧との、その…、えっちは、浅葱が来る前から実質、ずっとお預けなのだ。

本当は欲しくて欲しくてたまらない――けど。

初めて碧を抱いた時の恍惚《こうこつ》感とか、かけてくれた優しい碧の言葉とか、肌の感触とか……思い出すたびに、もうどうしようもなくて、自分でコッソリ処理することも多いけど。

――でも。

拒絶されるのは恐い。だがそれ以上に、素直に受け入れられるのも……やっぱり恐いのだ。

──ネコの鈴……、か……。

真冬はそっとため息をついた。

「どうしたのよ、真冬？　今日は本当に機嫌が悪いわねえ…」

とうてい笑顔を作る気分でもない真冬に、スタジオの控え室で理緒子が鏡に映る真冬の顔を背中からのぞきこむようにして眉をよせる。

車に乗った時からむっつりとしていた真冬を、さりげなく気持ちを引き立てようとしてくれていたようだが、撮影スタジオに到着してもこんな調子で、さすがに機嫌をとるのはあきらめたらしい。

「別にそんなことないと思うけど」

ヘアバンドで髪を額から上げた顔を刷毛《はけ》でなぞられながら、真冬はむすっと答える。

答えながら、実際、自分でも自覚はしていた。

本当は今日、仕事なんかに来たくはなかったのだ。こうしていても家のことが気になって仕方がない。

「いいけど、カメラの前でそんな仏頂面しないでよ？」

「わかってるって」

　やれやれ…、と言いたげに肩をすくめた理緒子の言葉と一緒に、「目を閉じて」とメイクの指示があり、真冬は目をつぶりながら返した。

「いやー、でもいいですよ？　不機嫌な王子様、ってのも絵になって。今日、新矢《しんや》先生でしょう？　そういうの、お好きだし」

　やわらかな刷毛の感触が顔の上をすべるのと一緒に、メイクの女の子――といっても真冬より年上だ――のきゃらきゃらした笑い声が降ってくる。

　今日は朝からメンズ雑誌の撮影とインタビューが入っており、このあとも別のグラビア撮影と、舞台のリハーサルがひかえていた。大学も春休み中のこの時期、事務所の方でもここぞとばかり、仕事を入れてきたらしい。

「もう…、あんまり甘やかさないでよ、春本《はるもと》さん。この子、そうでなくともやる気にとぼしいんだから」

「そんなことないって。ここんとこ、がっつり取り組んでるだろ？」

　その不本意な言われ方に、真冬が口を挟む。

　確かに今まで、モデルの仕事は片手間、というわけではないが、どちらかといえば学業の方を優先してきた。卒業したあとまでこの仕事を続けるかどうか、迷っていたのだ。

　でも今は、大学を辞めて仕事に専念しようか、と真剣に思っている。

碧を養う、というのはおこがましいが——実際、碧は別に真冬がいなくても生きていけるのだろうし——ただ、何というのだろう。

碧が自分の世界に帰らなくていいのなら。——帰れなくしているのは、やはり自分のせいなのだろうし、帰ってほしくない。だからこそ、それに見合うだけのものを、碧にこの世界で与えてあげたかった。

何を、と言われると、それも困るのだが。

「そんなこと言って。この間、大ケガしてたでしょ？　スケジュール調整するの、大変だったんだから」

いいですよ、と春本の声で目を開けたとたん、鏡の中の理緒子ににらまれて、うっ…、と真冬は言葉をつまらせた。

そう…、三カ月前のあの時。正直、何があったのか、よく覚えてはいなかったが、碧が自分をおいていったことがただ悲しくて。身体の中で何かが爆発したみたいで。

我に返ったら、全身ボロボロな感じに大ケガをしていた。顔や手足の擦り傷はすぐに治ったが、自分がいったい何をしたのか、皮膚の裂けた両手は倍くらいに腫《は》れ上がり、おそらく骨も折れていたのだろう。

見た目はかなりひどかったのだが、それでも驚くほど回復は早く、三日ほどですっかりもとにもどっていた。

やはり半分、吸血鬼の血のおかげなんだろうな…、と思う。

昔からケガをしても治るのは早かった。実際、うっかり病院の世話になるのは危険な気がするので、自力で治すしかなかったわけだが。

「でも今度のCM、すごく評判いいんでしょう？　見ましたよーっ。すごいカッコよかったよ、真冬くん」

ぶつぶつ言う理緒子に、明るく春本が声を上げる。

「ありがと」

そう言われるのはやはりうれしくて、へへへ…、と口元が緩んだ真冬に、しかしキャーッ、と女の子らしい声が続く。

「吉宗、カワイーのっ」

「……あっそ」

まったく女子供は動物に弱い。

それが耳に入ったらしく、後ろで吉宗がかわいこぶって「みゃおん」と鳴いた。シシシンシッ…、と真冬に笑ってみせて、春本の足下にごろにゃん、と身体をすりよせる。

真冬は足先を伸ばして、その脇腹をつっついた。

「いやん…、あとでブラッシングしてあげるから。いい子にしててねー」

真冬のヘアバンドを外し、手にしたブラシをふりながら、軽く身をかがめて彼女が吉宗の毛皮を撫でている。

「そうそうっ、ＣＭよっ！」

と、後ろで思い出したように理緒子が手をたたいた。

「反響もいいらしくてね。すぐに第二弾を作りたいって。……今度は海外ロケになるかもしれないわよー！」

マネージャーとしては、真冬のテンションを上げるつもりだったのだろう。

しかし真冬は、思わず鏡の中でしかめ面をしていた。

「海外ロケ？　嫌だよ、俺。行かないからね」

あっさりと言った真冬に、ええっ？　と理緒子が声を上げた。

「飛行機とか、苦手だった？」

「そうじゃないけど…」

ワガママなのかもしれない。しかし海外なんて…、碧をおいてはいけなかった。

そうでなくとも、今、自分が家を離れたら、碧とあの男を二人きりにしてしまうことになるのだ。

浅葱は碧より少し年上で、落ち着いた雰囲気の男だった。すっきりと整った容姿だが、それだけにまったく感情を表に見せないあたりが嫌味な感じだ。

どうやら浅葱は、真冬の潜在能力の調査、そして監視人として、冥界から派遣されてきたらしい。

そしてしばらくの間、あの家で同居することを一方的に通告されたのだ。

――しかも。

『そもそも、吸血鬼を育てようなどという君の酔狂が問題だと言える。よけいなマネをしなければこんな事態にはならなかったのだからな』

冷ややかに碧に投げたそんな言葉に、真冬はムッとした。

居候のくせにっ、と真冬などは憤ったが、そもそもあの家は死神たちの出先みたいなものなので、碧の家、というわけでもないらしい。

そして浅葱は、真冬に向き直ってクギを刺した。

『碧に迷惑をかけたくなければ自重するんだな。碧の処分だけではない。今度おまえがこの間のように力を解放することがあったら、おまえ自身、抹殺されることになるぞ』

淡々と言われた言葉に、さすがにゾクリ…、とした。

抹殺――という言葉の冷たさにも。

だが、そんなことはわかっている――。

と、真冬は思う。

今度何かあったら、本当に碧は自分の世界へ連れ帰られ、牢《ろう》に入れられるのだろう。何百年……という長い間。

第一、「力」と言われても、自分でどうやって使うのかもわからないのだから、使いようがない。使う気もない。

なのに、ずっと同じ家に暮らして監視されるのだ。気分のいいものではなかった。

碧自身は、横柄で嫌味な浅葱の言葉をさして気にしてもいないようだったが、真冬は昨日からずっとむかっ腹を立てていた。……まあ、せっかくの碧と二人の生活があの男に邪魔されるようで、よけいにいらついていたのだが。

「真冬」

と、その時、コンコン…、と軽いノックの音に続いてドアが開き、希がひょこっと顔をのぞかせた。鏡の中に真冬の顔を見つけ、軽く手を挙げる。

「本、持ってきたか?」

「持ってきた持ってきた。——そこ。後ろのカバンの中」

この間言っていた、大学図書館の本だ。期末のレポートのために借りて、そのままになっていた。メールで今日、ちらっと希がこのスタジオによるというので、持ってきていたのだ。

髪をスタイリングされながらで身動きできず、真冬が目線だけで頼む。

「これ? 中、開けていいのか?」

希がマネージャーの理緒子にちょこっと頭を下げてから中へ入ってきて、イスの上にあった真冬のカバンをテーブルにおき直して尋ねた。

うなずいた真冬の後ろで、悪いわねぇ…、希くん、と理緒子が保護者よろしく頭を下げる。

「あ、これな」

大学の所蔵印のある分厚い本をすぐにとり出し、片手で担ぐように持ち上げて、希が笑顔で鏡の中でふり返った。

「うん。悪い～。……すぐ帰るのか?」

「うーん。今日は荷物運びだけだけど…、あ、でも、昼過ぎにまた近くまで来るかな」

「じゃ、昼飯でもくおーぜ」

そう誘った真冬に、時間が合えばな、と希がうなずく。

そして、じゃ、とあわただしく出ていこうとして、思い出したようにあっ、と戸口でふり返った。

「──そうだ。CM、見たよ。カッコよかった」

「サンキュー」

親指を上げてにやりと笑った真冬に、あっさりと希が続けた。

「吉宗が」

「おまえもかよっ」

思わずふり返ってわめいて首にかかっていたタオルを投げつけた真冬に、ハハハッ、と希が肩を揺らす。そして、じゃ、またメールする、と言い残すと、パタパタと走っていった。

「いつも元気のいい子ねえ…」

バタン、と勢いよく閉まったドアを見つめて、理緒子が苦笑する。

「――真冬さん！　そろそろお願いします！」

と、希と入れ違いのようにスタッフが呼びにきた。

希のおかげで少し気分も浮上したようで、真冬は、ＯＫ、と軽く春本にうなずくようにして笑顔を見せると、よし、と腹に力をこめる。

「今、行きますー」

大きく答え、真冬はイスから立ち上がった――。

「真冬《まふゆ》」

その聞き慣れた――とは言えない、あまり馴染《なじ》みたくもない声が耳に届いたのは、撮影も一段落ついて、昼の休憩に入ったところだった。

撮影の間は、それでも雑念を払ってカメラの前に立っていた真冬だったが、その声に一気に現実に引きもどされる。

スタジオの隅に腰を下ろしていた真冬は、うっそりと顔を上げた。

予想通り、目の前にはあまり見たくもない男の顔がある。

「浅葱《あさぎ》…。あんた、どうやってここに入ったんだよ？」

「我々に入れないところはほとんどない」

無表情なままにさらりと言われ、……まあ、そうなのだろう。家の中にもいつの間にか現れていたし。

「俺を見張りに来たってわけ？」

「一通り、君の行動パターンをチェックしておきたいと思ってね」

「りおさんに言って俺のスケジュールもらえば？　喜んで教えてくれると思うよ」

スポーツドリンクのペットボトルをラッパ飲みしながら皮肉で言った真冬の言葉に、浅葱はあっさりとうなずいた。

「そうさせてもらおう。手間が省ける」

そう言われると返す言葉がなく、真冬はむっつりと黙りこむ。

「確かめておきたいことがある」

そんな真冬にかまわず、淡々と浅葱は続けた。

「……何？」

不機嫌に首をまわした真冬のところに、気がついたのか、スタッフに遊んでもらっていた――のか、遊ばれていたのか――吉宗《よしむね》が足音もなく近づいてきて、スッ…と膝《ひざ》の上に跳び上がった。うさんくさげに浅葱を見上げたところをみると、吉宗的には真冬を励ましに来てくれたのかもしれない。

真冬はそっと指先でその喉元《のどもと》をかいてやる。

「君は最近、別の吸血鬼に会わなかったか？」

まっすぐな目で端的に聞かれ、真冬は一瞬、息を呑《の》んだ。胡座《あぐら》をかいた膝の上で、ピクッ、と吉宗のヒゲが震えたのがわかる。

「……別に会ってないけど。なんで？」

それでも平静に聞き返した真冬に、浅葱は事務的に答えた。

「最近、このあたりに現れたと連絡があった。アーロン・ウォンという男だ」

「俺が別の吸血鬼と会ってたらまずいの？」

真冬は首をかしげて、どこかふてぶてしく聞き返す。

「そういうのも規制されんの？　俺…、会う相手まで管理されるってこと？」

自分で言いながら、ふいに腹に力がこもるのがわかる。

――おまえの力は死神になど管理されるべきものではない……。

そう言ったあの男の言葉を思い出す。

「おまえが誰に会おうがおまえの勝手だ」

しかしあっさりと浅葱は言った。

「ただアーロン・ウォンは越境執行部にマークされている男だからな」

「……どういうこと？」

「抹殺指令が出ている、ということだ」

眉をよせて尋ねた真冬は、その言葉に思わず息をつめる。

思わずあえぐように口を開き、なんとか尋ねた。

「何…、したの……？　その人……？」

「力の使い方を知らない。おまえと同じようにな」

冷たい眼差しで。冷たい口調で。刃物を喉元に突きつけるように浅葱が言った。

「悪魔や死神を何人か巻きこんで殺している」

「殺して…？」

死神の「死」というものがどういうことなのか——、真冬にはわからなかった。

『存在の消滅、ってこと。人間以外はそうだよ。人間には生まれ変わりってあるけどな』

察したように、膝の上で吉宗が声を出す。そして思い出したようにつけ足した。

『そっか…。アーロン・ウォンて手配かかってた男だな』

「あんた…、その男を追いかけてるのか？」

——狩られる、と言っていた男の言葉が耳によみがえる。

どうやら、人間にだけ、ではないらしい。もしかすると、あの男はすべてを敵にまわしているのだろうか……?

「それは私の役目ではない」

が、浅葱はあっさりと答えた。

「執行部隊は別にいる。私の仕事は事実関係を調査し、客観的な報告を上げることだ。その報告を審査し、委員会が何らかの処理が必要だと判断すれば執行部へまわされる。そして執行部が拘束、もしくは抹殺する」

ただ冷たい言葉に、真冬は思わず息を呑む。それでも固い口調で尋ねた。

「俺のことも?」

「そう」

「……碧《あおい》のことも?」

「そうだ」

ぎゅっと真冬は唇を噛《か》んだ。

『大丈夫だって』

それに、ぽんぽん、吉宗が前足で真冬の膝をたたく。

『暴れなきゃいいんだろ』

「そうだな…」

小さく息を吐いて、真冬はぎこちなく笑った。

「そうしてもらいたいものだ」

浅葱のそんな冷静で冷ややかな言葉に、真冬はじっと男を見上げ、くしゃっと自分の前髪をかき上げる。

「死神って……、死神もいろいろなんだな…」

知らずつぶやいた真冬に、浅葱は何も言わなかったが、ただわずかに眉をよせた。

「あんた…、碧とは友達じゃないの？　あんたの報告で碧が……殺されたり、牢屋《ろうや》に入れられたりするんだろ…？　そういうの、平気なの？」

「友人と言うほどではないが」

じわり、とにじみ出すような真冬の言葉に、浅葱は静かに答える。

「ただの知り合いだったとしてもさ！」

思わず、噛みつくように真冬は叫んでいた。

「友人だったとしても」

キッ、と怒った目でにらみ上げた真冬に、浅葱は冷静な視線を返す。

「虚偽の報告をすることは許されない。むろん、感情を差し挟むこともな」

確かに、それは正論なのだろう。

真冬はぐっと唇を噛み、大きく息を吸いこむ。

だが常に、正論で人は――悪魔や死神だって……動くものではないはずだ。

『友達いなさそー…』

吉宗が喉元をかきながらうめいた。

「——あ、真冬。……あら？　ええと…、こちらは？」

と、きょろきょろとしながらスタジオに入ってきた理緒子《りおこ》が足早に近づいてきて、ふと、浅葱に目をとめる。見慣れない顔だと思ったのだろう。

「あ…、えーと…」

しかし真冬は一瞬、返事に困った。

「榊《さかき》と申します。日向《ひなた》の従兄《いとこ》です」

しかし浅葱の方が理緒子に向き直り、さらりと答える。

——何が従兄だ……。

真冬は内心でうんざりしつつ、しかし反論する気力もない。

「あら…。真冬くんの家族ってみんないい男ねえ…」

しかし理緒子はパッと華やいだ声を上げた。

「勝手に押しかけて申し訳ありません。写真に興味があるもので、少し見学させてもらおうかと」

……ウソつけ。

と、内心で真冬は毒づく。

本当に浅葱は、つらっとした顔で嘘をつく。まったく信用できなかった。

「そうですの…。ええ、大丈夫ですよ」

しかし理緒子は機嫌よく受け答えしている。

「仕事の都合で、真冬にあまり会う機会もないものですから」

「ああ…、でしたら今からお昼ですからご一緒にいかがですか？　……ええと、榊さん」

「りおさん」

さすがに勘弁してくれ、という思いで、思わず真冬が声を上げた時だった。

「――真冬ー！　おーい！　いるー？」

ドアのむこうから、聞き慣れた声が届く。希《のぞみ》だった。

「こっちー！」

助かった、という気がして、真冬は戸口に向けて大きく返す。そして理緒子たちに向き直って言った。

「ごめん。俺、希に飯、おごる約束してるし」

「あら、だって…」

とまどったように真冬と浅葱との顔を見比べる理緒子にかまわず、真冬は勢いよく立ち上がった。ふり落とされるように、吉宗が床へ着地する。

「真冬」

中の様子を確かめるようにドアのところから顔をのぞかせた希が、撮影は終わっているのを見て急いで入ってくる。

「昼飯だろ」

真冬の方もなかば逃げるようにそちらに向かいながらかけた声に、いや、と希が首をふった。

「俺、すぐに行かなきゃ。……なんだけど、忘れてた。ちょっと友達にサイン頼まれ……――えっ？」

頭をかきながら言いかけた希の声が、ふいに途切れる。

と、その視線が真冬の肩越しに――一人の男に向けられていた。

「浅葱……さん……？」

呆然《ぼうぜん》と浅葱を見つめ、つぶやいたまま動かなくなる。

え？　とふり返った真冬の前で、浅葱の方も驚いたように目を見張っていた。初めて見る、まともな表情だ。そして、ハッとしたように視線をそらす。

なんだ？　と、その様子に真冬も首をひねった。

――知り合い……なのか？

どうやら、希は浅葱にとってうっかり会うとまずい相手だったようだ。まあ、浅葱が「死神」などということを、希が知るはずもない。

「えっ、なんで…？　どうして浅葱さんがここにいるの？」

何か泣き笑いのような、必死に笑顔を作ろうとして失敗したみたいな妙な表情で、希がようやく言った。そしてそんな自分の動揺を必死に抑えるようにして、かすれた声で言った。

「浅葱さん……だよね？　俺のこと、覚えてない…？」

言いながら、手を伸ばして二、三歩、浅葱に近づく。

「希…」

ようやく、浅葱がつぶやいた。

「ひさしぶりだね」

静かにそれだけを言った浅葱に、希は大きく息を吸いこんで、いくぶん早口に、どこか不自然な明るさで言葉を続ける。

「……びっくりしたー。五年ぶり…、だっけ？　なんか、いきなりいなくなったからさ…。引っ越ししたの？」

「ああ…。悪かったね。仕事で、急に決まったことだったから」

どこか言い訳がましく、浅葱が口を開く。

「言ってくれればよかったのに…。今、どこにいるの？　――あれ？　そういえば、なんでここに…？」

「……すまないが、今ちょっと時間がなくて」

希が引かれるように浅葱に近づき、伸びた手がその腕をとろうとした時、浅葱が何かをふりきるように冷淡に言うと、すっと理緒子に向き直った。

「すみません、別の約束が入っているもので…、私はこれで」

「あ…、ええ」

あっけにとられたようにうなずいた理緒子に軽く頭を下げると、浅葱はそのまま足早にスタジオを出て行く。

「浅葱さんっ！」

あせったように呼びかけ、追いかけようとした希だったが、いきなりポケットの中で鳴りだした携帯に足が止まる。

「――も、もしもし…っ」

身体は半分スタジオを飛び出しながら応《こた》えた希に、『バカやろうっ！　どこうろうろしてんだよっ！』と外にもれ聞こえるくらいの怒鳴り声が響き渡り、思わず希も携帯を身体から大きく離した。

「すみません！　すぐに帰ります！」

怒鳴り声がやんでからそれだけを伝え、希はバッ、と真冬をふり返った。

「真冬！」

「――えっ？　あっ、何…？」

その勢いになかば飛び上がるように、真冬はあせって答える。

「あとで電話するからっ」

「あ、ああ…」

聞きたいことがいろいろとあるのだろう。

どこまで答えていいものかわからないが…、食いつくように言われて、真冬もうなずくしかない。

そういえば、浅葱が人間界にいた時、今の碧とは隣のエリアを担当していたと言っていた。希とは高校の時からの同級生だし、家もそれほど離れてはない。浅葱と知り合いでも、……まあ、不思議ではない。

だが、単なる顔見知り、という以上には親しかったようだ。……もっとも浅葱が、あまり人間と普通のつきあいをしていたような気はしないのだが。

『なんだ…？』

吉宗が、にゃご？　と鳴いて、真冬の足に顔をすりつける。

「なんだろうな…」

真冬もわずかに目をすがめて、バタバタとスタジオを飛び出していった希の背中を見送った──。

※　※

「希にあんたのこと、どう説明したらいいの？」

　仕事から帰ってきた真冬が碧にお茶を淹《い》れてくれたあと、めずらしく自分から浅葱に近づいたかと思うと、いきなりそんなことを尋ねている。

　碧はオブザーバーのようにリビングのイスに腰を下ろしておいしいお茶を飲みながら、静かに二人の様子を眺めていた。

　浅葱が、今朝、仕事に出た真冬を追いかけるように出かけたことは知っていたが…、出先でなにかあったようだ。

「従兄だって…、言っていいわけ？」

　しかし腕を組み、問いつめるように言った真冬の言葉に、碧は思わず眉を上げた。

「……従兄？」

　何のことだ？　と思った碧に、浅葱がふり返る。

「便宜上だ」

　そして真冬に向き直って、そっと息を吐くようにして言った。

「仕方ないだろうな…。私がここにいるのも長いことではない。今度聞かれた時は、仕事でまた海外へ行ったとでも伝えてくれ」

「希くんと浅葱が知り合いだったのか？」

なんとなく話が見えて、碧は口を挟む。

守田《もりた》希のことは、碧も昔から知っていた。何度かこの家に遊びに来たこともある。

「以前いたエリアで近所に住んでいた」

淡々と説明する口調はいつものものだが、それでもどこか感情を抑えているような…、動揺を押し隠しているようにも見える。

浅葱にはめずらしいことだ。

「そういえば俺、聞いたことあったよ。希がカメラを始めたきっかけ。近所で教えてくれる優しいお兄さんがいる、って。風景の中に溶けこむみたいに人が立ってる写真がとてもキレイなんだって。……それ、あんたのこと？」

真冬がじっと浅葱を見つめて尋ねたが、浅葱はそれには答えなかった。

「ちょっとびっくり。あんたにそんな人づきあいができたんだ…」

「近所づきあいがまったくないというのもかえって目立つ。悪い噂もたちやすいからな。それでだ」

皮肉めいた真冬の言葉に、浅葱が淡々と感情を交えずに説明する。……どこか、言い訳のようにも聞こえたが。

ハァ…、と真冬が肩で息をついた。指先で髪をかきまわすみたいにしてガシガシと頭をかく。

「……いいけどさ。あんまり自分の都合で人をふりまわすなよ」

それだけまっすぐに言い放つと、真冬はちらっと碧の顔を確認するように見てから、自分の部屋へ上がっていった。

足音も消えて、ふぅ…、と浅葱が小さな息をつく。

「私もちょっとびっくり、だな。この世界でおまえにそんな親しくしていた相手がいたとは」

いつにないそんな様子に、碧は軽く肩をすくめるようにして言った。

「当てこするような言い方はやめろ」

冷ややかに、しかし明らかに怒気をはらませて、浅葱が低く言った。

「からかっているだけだ。……まあ、真冬の影響かな?」

碧はそれを軽く受け流す。ちらりと口元に笑みを浮かべて続けた。

「どうだ、真冬に説教される気分は?」

浅葱がわずかに碧をにらみ、そして苦虫を噛みつぶしたようにつぶやく。

「生意気なガキだ…。何もわかっていないくせに」

「わかっているよ、真冬は。大事なことはちゃんとね」

それに碧は静かに言った。

――そう、真冬は時々無茶で無鉄砲でワガママだが……、見失ってはいけないことをきちんとわかっている。

多分…、自分たちの未来も。

「……それよりも、アーロン・ウォンがこのあたりをうろうろしているらしい」

「アーロン・ウォン…？」

浅葱の言葉に、碧は思わずカップを口から離した。

その名前は、碧にも聞き覚えがあった。顔は知らなかったが。

ずいぶんと以前から、執行部で追っていた男――吸血鬼だったと思う。

「まだ捕まっていなかったのか…、その吸血鬼は」

――いや、むしろ、まだ死んでいなかったのか、というべきだろうが。

「吸血鬼も長く生きるとふてぶてしくてやっかいだということだな…」

やれやれ…、といった様子で、浅葱がため息をついた。そして、いくぶん険しい口調でつけ足すように言う。

「真冬に接触する可能性がある。仲間もほしいだろうしな」

あるいは…、そうなのだろう。しかし。

「真冬が…、その男の言うことを聞くことはないと思うよ」

穏やかに碧は言った。

「そう言いきれるのか？」

淡々と確認するように尋ねた浅葱に、碧はうなずいた。

「言っただろう？　真冬は…、大事なことはわかっている」

今、自分が何をすべきか。何をするべきでないのか。

「おまえが人間界に……、真冬のそばにいる限り、ということか？」

どこか息をつめるようにして、浅葱が聞いてくる。

「そうだな…」

それに碧は無意識に微笑《ほほえ》んでいた。

真冬に淹れてもらったお茶を、そっと手にとる。砂糖もミルクも、碧の好みに合わせてほんのりと舌に甘い。

ずっとそばにいたい。――その思いと。

ずっとそばにいる。――その意志と。

真冬はまっすぐに自分に向けてくる。

手放したくない…、という思いは同じなのだろう。

失いたくない。守りたいものがある。

だから、おたがいに手を伸ばして。

いつまでも手をつないでいられる強さを、おたがいに見つけなければならないのだろう……。

※　　　※

……どうしよう……?

ガシガシと頭をかきながら、重い足を引きずるようにして真冬は二階の自分の部屋へと入っていった。

昼間の希のあの勢いなら、時間ができればすぐにでも電話をかけてきそうだ。

だが、どう答えていいのかわからない。従兄だと、もう理緒子には紹介してしまったので、今さらその設定を変えることもできないだろう。

うかつなことは言えないし、かといって、希にヘタな嘘もつきたくはなかった。

浅葱に会った時の、あの希の表情――。

本当に驚いていたし、混乱していたし…、でも、ただ昔の知り合いに偶然会ったというだけなら、もっと普通に……無邪気に喜んだはずだ。希だったら。

あれだけ複雑な顔になったのは…、きっと別れ方に納得できていなかったせいなのだろうと思う。

急にいなくなった――、と言っていた。

多分、別れの挨拶《あいさつ》も何もなく、だったのだろう。

だがそんなやり方は、浅葱らしくもない気がした。浅葱なら、同じ姿を消すにしてももっと周到に、きっちりと後始末をつけていきそうなものなのに。

……いや、むしろ別れの挨拶をしなければならないほどの人づきあいをしていたことの方が不思議なのかもしれない。

こちらにいる時、浅葱は写真家の仕事をしていた、と吉宗が言っていた。

さっきも否定しなかったし、希が今、カメラマンを志しているのは、やはり浅葱の影響なのだろう。

つまりそれだけ深いつきあいがあった、ということだ。

希の人生に影響を与えるくらいの。

――あいつ……。

持っていき場のない怒りが、腹の底から湧《わ》いてくる。

この世界では、まったくの傍観者みたいな顔をして。碧には、偉そうに説教垂《た》れていたくせして。

真冬はパタッ…、と倒れるようにベッドに腰を下ろし、肩で大きく息をつく。

浅葱が姿を消したのは、単に人間界での任期が開けた、ということなのだろうが、希にとっては…、やはりその分、衝撃が大きかったはずだ。

今でも引きずっているくらいに。

何て言ったらいいんだろう……？

――と、ふいに机の上にのせていた携帯がにぎやかな音をたて、ビクッ、と真冬は肩を震わせて、しばらくそれを見つめた。

仕事関係か、プライベートか、それ以外か、くらいにしか鳴り分けの設定をしていなかったが、プライベートの着信音だ。

表示を確かめるまでもなく、希だろう、と予想できる。

のろのろと腕を伸ばし、ようやくボタンを押す。

〈――あ、もしもし、真冬？　今、大丈夫？〉

耳慣れた声が流れこんでくる。いくぶん疲れた様子で、しかし声にはいつにない緊張が混じっている気がする。

「大丈夫。……仕事、終わったのか？」

〈今終わったとこ〉

そっと息を吸いこんで、強いて穏やかに答えた真冬に、希がホッとしたように言葉を続けた。

どうやらバイトからの帰り道らしい。繁華街か、通り過ぎる車の音が入ってくる。

「大変だな…」

チェストの上の時計をちらりと横目にすると、すでに夜の十時をまわっていた。

〈いや、今日はたまたまいそがしかったんだけど…。ごめんな、こんな遅く。真冬も仕事で疲れてんのに。――あのさ…〉

申し訳なさそうに言ってから、それでも急《せ》くように、だが同時に口ごもるみたいに、希が言葉を押し出した。

〈浅葱さん…、の、ことなんだけど〉

「ああ…」

真冬も覚悟してうなずいた。

〈従兄……だったんだ〉

「うん。そう……」

みたいだな、と言いそうになって、真冬はあわてて口をつぐむ。

〈ぜんぜん知らなかったよ。なんか、すごい不思議〉

「そうだな…」

驚きと、感嘆の入り交じった声で言った希に、真冬もため息をつくように答えた。

真冬だって、つい今日の昼間では知らなかったのだから当然だ。

「俺も希が浅葱の知り合いだって、ぜんぜん知らなかった」

そしていくぶん早口に言う。

〈うん…。もっと早く真冬には話してればよかったな…〉

電話のむこうで、希がため息をついた。

「浅葱のことだろ？　希に写真を教えてくれた人って」

それは碧も聞いたことがあった。もっともそれは、真冬が希と知り合う高校時代より少し前のことだったようだが。

〈うちの両親が離婚してるの、真冬、知ってるよね〉

ポツリ、とつぶやくように希が言った。

〈俺が中学の頃、うちってその離婚協議の真っ最中っていうか…、泥沼な感じだったんだよね。家の中で父親と母親が罵《ののし》り合って、父親が手を上げることもしょっちゅうだったし。それで家にいたくなくてさ…。俺、結構、浅葱さんのマンションに入り浸ってたんだよね〉

「希…」

淡々と言われて、真冬は思わず言葉をなくす。

高校時代、希が母親とふたりで生活していたのは知っていた。が、あの頃の希はすでに落ち着いていたし、学校では明るくみんなと騒いでいたから、そんな悲惨な状況があったなんて想像もしていなかった。

〈浅葱さんとは放課後、学校に一人でいた時に会ったんだよ。なんか、人気のない校舎、撮りに来てたみたいで〉

思い出したみたいに、喉の奥でくすっと希が笑う。

〈俺も家に帰りたくなくて、グズグズしてたからさ。コッソリと学校の中、案内してやったりして〉

「へぇ…」

真冬は思わずうなった。

なんだか仲がよさそうだ。ちょっとした秘密を共有するような…、そんな仲間めいたつきあいだったのだろうか。

浅葱がそんな子供を相手にまともに言葉を交わしていたこととか、きちんと写真を撮っていたこととか…、ちょっと想像できないが。

〈俺の写真、撮ってくれて。なんか、うれしかったんだよ。俺を見てくれてる人がいる、っていうの。……あの時、父親と母親と、両方とも俺のこと押しつけ合ってたしね〉

さらりと静かな、希のそんな言葉に胸が熱くなる。

〈浅葱さん、家に呼んでくれて…、写真、見せてくれて。好きな時に来ていい、って言ってくれたから、あの時の俺には浅葱さんのとこだけが居場所だったんだよね…〉

傍観者であるはずの「死神」は、それでも少年に哀れみを覚えたのか。あるいは、同じ孤独を感じたのだろうか…。

写真を撮るのは、単なる記録、なのか。あるいは思い出、だったのか。

浅葱にとっては。

多分、誰ともさほど深いつきあいはあえてしなかったはずだ。希だけが、唯一の例外だったのだろう。

さびしそうにしている子供に、思わず声をかけたのなら…、案外、いいやつなのかも、と思わないでもない——が。

でもこんなふうに、希の気持ちを中途半端なまま放り出すのは、やっぱりダメだと思う。姿を消すにしても…、それなりの理由を告げて、気持ちの整理をさせるべきだろう。

〈俺、時々、モデルもやったんだよ。浅葱さんの写真の〉

と、わずかに弾んだ声で希が言った。

「モデル？」

〈あ、真冬がやってるグラビアみたいのじゃなくて。風景の中にいる写真。ただ遠くで立ってるだけとか、後ろ姿とか〉

くすくすと、何か思い出したように笑いながら楽しそうに希が続ける。

〈ひょっとして真冬、浅葱さんの撮った写真て、見たことない？〉

「ない」

〈えーっ。じゃ、今度、見せてあげるよ。……って言っても、俺も二、三枚しか持ってないんだけど〉

きっぱりと答えた真冬に、希が電話口で声を上げた。

〈すごい、いいよ。なんか…、気持ちが洗われる感じで〉

熱のこもった希の言葉に、真冬はうれしいような、悲しいような、どう言っていいのかわからない気持ちになる。

ただ、ひどくつらくて、胸が締めつけられる気がする。

どうしたらいいのか…、自分に何ができるのか。

それもわからなくて。

——いや。何もできないことがわかっているから、かもしれない。

〈浅葱さん、今、真冬の家にいるの？〉

ふいに低い声で聞かれて、真冬はあわてて答えた。

「え…、いや、どっかのホテルに泊まってるって。……ええと、一時帰国みたいだから。またすぐに海外へ行くみたいだよ」

〈海外…、なんだ〉

驚いたように、希が息を呑む。

〈どこ？　アメリカとか？〉

「んーと…、本拠地はそうじゃないかな。転々としているみたいだけど」

〈すごいな…！　じゃあ、五年前も急な仕事だったのかな…。きっと大きなチャンスだったんだね…〉

「多分…、そうみたい」

心苦しさを覚えながら、真冬はそう答えるしかない。

〈みたい、って。真冬、知らなかったの？　従兄なんだろ？〉

「ごめん。俺、浅葱にはあんまり会ったことなかったんだよ」

あきれたような希の声に、真冬は苦しく言い訳する。

〈わりと近所に住んでたのに〉

「親戚って案外、そんなもんだろ」

〈まぁ…、そうかもな。俺も親戚って、ほとんど顔も知らないや…〉

かすれた声で希が笑った。

「遠くの親戚より、近くの他人って言うよな、そういえば」

自分で言いながら、ふと碧のことが頭に浮かび、真冬はちょっと涙が出そうになる。

本当に血のつながりも何もない、種族さえ違うのに。

――碧は自分を育ててくれたのだ……。

本当は天敵であるはずの吸血鬼なんかを。

〈いつまで……、日本にいるの？　浅葱さん〉

「えっと…、よくわかんないけど。でもそんなに長くはないみたいだよ。仕事、いそがしいみたいだし」

〈俺と話せる時間って…、ないかな？　ちょっとでいいんだけど〉

希としては、当然の気持ちだろう。

それがわかるだけに、真冬も言葉につまる。

〈どうかな…。俺も……そんなに会えるわけじゃないから。顔見るくらいで精いっぱいだったのかも〉

答えながら、バカやろう…っ、と浅葱に対して理不尽な怒りにかられる。

〈ケータイとかわかんない？〉

「ごめん…。知らないや。今度会ったら聞いておけると思うけど」

重ねて聞かれ、言葉を濁すしかない真冬は本当に胸が痛くなる。

〈碧さんなら…、わかるかな…？　ほら、浅葱さんとは年も近いし〉

「そうかも…、しれないけど」

本当は否定するべきなのかもしれないが、穏やかな言葉の中に必死にしがみつくような気持ちがわかって、真冬はそう答えるしかなかった。

それに碧なら、もう少しうまく、浅葱のことを説明してやれるのかもしれない。

……いずれにしても、嘘、なのだけど。

〈うん…。じゃあ、碧さんに会ったら聞いてみることにするよ。――あっ、もし、今会えなくても、また日本に帰ってくることはあるんだろうしね〉

「そうだな…」

あえて自分の気持ちを引き立たせるように言った希に、真冬はつぶやくように言った。

〈なんか…、ごめん。無理言って〉

電話のむこうで希があやまる。

「いや…、俺も……ごめん」

どうしようもなく、そんな言葉が真冬の口からこぼれ出る。ぎゅっと携帯を持つ手に力がこもってしまう。

「あのさ…、希」

そして、じゃ、と電話を切りかけた希に、思わず声を上げていた。

「浅葱のこと……、ひょっとして好きだった？」

そっと尋ねた真冬の声に、しばらく、電話のむこうから返事はなかった。

どのあたりを歩いているのか、雑踏のようなざわめきが遠くに聞こえる。

かすかな息遣い――。

〈……ごめん〉

そしてようやく小さな声が返って、ふっ…、と電話は切れた。

それが肯定なのか、否定なのか。

真冬は待ち受けにもどった小さな液晶をしばらく眺め、ようやく携帯を折り畳む。

会わなかった方がよかった。声をかけなかった方がよかった——とは、思わないけど。

やっぱりその時の希にとって、浅葱は必要な男だったのだろうから。

ただ——。

「クソ…っ」

膝の上でぎゅっと拳を握りしめ、真冬は無意識に吐き出していた——。

※

※

それから五日ほど。

その男が碧のいる大学の研究室に姿を現した時、たまたま左卿《さきょう》も一緒だった。かったるい合同会議のあと、そのままコーヒーを飲みに来ていたのだ。

春休み中なので通常の講義自体はないが、実りのない会議だのなんだのと雑用はそこそこある。オープンの特別講座も一つ、受け持っていた。

左卿も同じ大学で教鞭《きょうべん》を執るかなりの人気講師で、……まあ、なかなかに大学ライフを楽しんでいるらしい。碧の見るところ、むしろ悪魔としての本来の仕事よりも楽しんでいるのではないか、といぶかしむくらいだ。

そう言うと、

「何を言う。講義をしながら、ピチピチの魂をチェックしているんじゃないか」

などとほざいていたが。

「浅葱はなー。ちょっと固すぎるんだよな…。あいつ、ご近所の天使や悪魔にもろくな挨拶なかったぜ？　まあ、別に用がないっちゃーそうだけどさ…」

空になったコーヒーカップを指に引っかけてぶらぶらさせながら、左卿がうめくように言った。

「それこそ、癒着を疑われるからだろう」

碧は仕事中にだけかけているダテ眼鏡《めがね》を外し、片手で横のモバイルを操作しながらさらりと答える。

「それはわかるが、噂話的な情報交換ってのもあるだろう。監査官なら、もうちょっと柔軟にならんとなー」

左卿などはつきあいがありすぎる気もするが、まあ、程度の問題なのだろう。

そんなことを話していた時だった。

コンコン…、と軽いノックが響き、普通に、はい、と碧が応える。

すでに成績も出し終わったこの時期、学生が訪ねてくるのもめずらしいが——。

「失礼。――おや、これはしまった…。どうやら別の客人もいたようだ」

入ってきたのは、三十なかばのスーツ姿の男だった。目鼻立ちが通った…、どこか日本人とは違った空気がある。

いや、むしろ、人間とは違った、というべきだろうか。

部屋の主である碧に向かってバカ丁寧に頭を下げ、そして左卿の姿にわずかに目をすがめる。

どう見ても、本屋やらコンピュータ関係の営業ではない。

――吸血鬼、だ…。

さすがに碧もそれはわかる。おそらく浅葱が言っていた男だろう。

「日向碧さんですね。アーロン・ウォンと申します。お見知りおきを」

いくぶん気取ったその自己紹介に、やはり…、と碧はうなずいた。

ほぅ…、と左卿の方は無遠慮に相手をじろじろと眺め、顎《あご》を撫《な》でながら小さくうなる。左卿も、名前くらいは聞いているのだろう。

「あんたか…。うちの同僚を一人、殺したんだって?」

「ものの弾みですよ。わざとじゃない。……しかしおかげで追われる羽目になった」

肩をすくめるようにして、さらりと男が言う。

「その逃亡中の吸血鬼がいったい何の用だ?」

まっすぐに男を見詰め返し、碧は静かに尋ねた。

それに男が口元で笑う。

「ご存じの通り、逃亡生活ですからね。一人では何かとさびしい。それで……、真冬くんを連れて行きたいと思うのですが？」

白々しく言った男の言葉に、碧は眉をよせた。

「逃亡生活とわかっていて、真冬を行かせられると？」

「まあ、そうは言っても吸血鬼同士だ。通じ合うものもあるでしょうし…、それに真冬くん自身、いずれ私と同じ立場になるんだ。ふたりで逃げた方がずっと楽しいし、生存率も上がる。

……そう思いませんか？　育ての親としては」

わざとらしいほがらかな口調がカンにさわる。

「ずいぶん勝手な理屈だな」

「親切と言ってほしいですね。せっかくあの子の持って生まれた力を封じこめることはない。使ってこその能力だ」

「真冬はあなたとは違う」

碧は目をそらすことなく男をにらむようにして、冷ややかに言った。そして、小さく息を吸いこんで静かに尋ねる。

「真冬と…、話したのか？」

「断られましたよ」

肩をすくめるようにして、あっさりと男が認めた。

そう…、真冬がそんな話に乗るはずはない。わかってはいたが、碧はそっと息を吐く。

「しかしせっかく見つけた同類だ。私としても見過ごすのは惜しい…」

意味ありげに顎を撫でて言った男に、碧は息を吸いこんでなんとか怒りを腹の中に押しこめる。

「……左卿。この男をどうにかしろ。魔界からも抹殺命令が出てるんだろう?」

「俺、執行部隊じゃないもん」

「役立たずが…」

横で机に腰を預けたまま他人事《ひとごと》に言った悪魔に、碧は低く毒づいた。

「ひでーっ。碧だって同じのくせに」

確かに、人間界の生物に実質的に手を下す権限のあるのは執行部隊だけだ。襲われた場合に、自己防衛として攻撃は許されているが。

「だったらさっさと通告しろ」

「その間に逃げられそうな気がするんだが」

碧の言葉に、のんびりと左卿が言った。

……むろん碧もわかっていることで、それだけにいらだちが身体の中に湧き出してくる。

そっと息を吸いこみ、碧はまっすぐに突きつけるように男に言った。

「あの子には近づくな…。真冬はこの世界で幸せに暮らしていける。あなたにそれを邪魔する権利はない」

「自分の本性も本能も隠して…、押し殺して生きるのが幸せかな？　結局、だましているだろう？　自分も…、まわりもね」

それにせせら笑うように男が言う。

「あなたの理屈だ」

ぴしゃりと言った碧に、男が唇で笑った。

「残念ながら、ここでも決裂だな…」

男がいかにもなため息をついてみせる。が、もともと期待してきたわけでもないはずだった。

ふっと、顔を上げる。

「しかしどうやら、あの子の力を抑制するのも……、そして解放するのも、あなた次第のようだからな。本当にあの子を目覚めさせるには、あなたに協力してもらうのが一番手っとり早いらしい」

意味ありげな言い方だった。

ふっ…、と一瞬に、空気が緊張する。部屋の温度が数度、下がったような気がした。

「何が言いたい？」

低く碧が問い返した時だ。

ふいに、コンコン、と軽いノックの音が響き、男の背中で研究室のドアが開く。

「碧さん…？　すみません、ちょっといいですか……？」

そしておずおずとのぞかせた顔に、碧はハッとした。

「希くん…？」

真冬と仲のいい希だが、家に訪ねてきたことはあっても、大学で碧のところに来るのはめずらしかった。専攻も違うし、そういう意味で相談に乗れることもない。

――が。

「あの、聞きたいことがあって…。――あ…、お客さんだったんですね」

おそらく、浅葱のことだろう。碧にもそれは想像がついた。真冬とも話したのだろうが、真冬もあまりはっきりしたことは言えなかったはずだ。

しかし中にいた左卿と、そしてアーロンの姿にあわてたように頭を下げ、ふと思い出したようにつぶやいた。

「あれ…？　あなた、この間の撮影の時、現場にいませんでしたか…？」

首をかしげて、じっと男を見つめる。その言葉に、碧はハッとした。

男が薄く笑う。

「君は確か…、真冬くんの友達かな？」

「え…、ええ」

うなずいた希は、何か問うように碧を見る。

「確か、浅葱とも知りあいだ」

その言葉に希は目を見開いた。

「どうしてそのことを…？」

「なるほど…」

しかし男はそれには答えず、ふむ…、と顎を撫でて、口の中で独《ひと》り言《ごと》のように小さくつぶやいた。

「希くん、悪いけど、今はちょっととりこんでいるから、あとで家の方に来てくれないか？」

いくぶん固い声で言った碧に、希がようやく部屋に淀《よど》む空気に気づいたようにぎこちなくうなずいた。

「わかりました…。すみませんでした」

そう言って、部屋を出ようとした時だった。

「……いや、その必要はないだろう」

ほがらかな調子で男が言い、碧の前を空けるように横へ移りながら、さりげなく一歩、碧に近づいた。その腕が、スッ…と目の前に伸びてくる。

反射的に、碧はその指先の動きに目をとられた。

パチン、といきなり男が指を弾く。

「碧、危ない…っ！」

いきなり、左卿のあせった声が耳に届いた。……と思った瞬間、ふっ…とまわりの音が遠くなった気がした。と同時に、目の前に紗《しゃ》がかかったように視界がぼやける。

——何だ……？

ドクッ…、と鳴る、自分の心臓の音まで耳に反響するようだった。

と、ぼんやりとした視界の中で、左卿が男に殴りかかったのが見える。男がそれをかわし、それと同時に横にあったイスが宙に浮いて、左卿めがけて飛んでいく。

しかしそんな光景も、まるで音声を絞った画像が流れるように音が遠かった。すべての動きが、スローモーションに見える。

——左卿……！

思わず叫んだ——と思った声は、自分の耳にさえ届かない。

ドアのところで驚愕《きょうがく》に目を見開き、立ちつくしていた希に、ふわり…と男が向き直る。

スッ…、と手のひらをその目の前で下から上へと撫で上げるようにすべらせた。

そしてその手がもとへもどるのと同時に、意識を失ったように希の身体は床へ崩れ落ちていた。

「おい…、きさま……！」

床へ片膝をついた状態で、左卿のうめく声がさらに遠く聞こえる。片手で額を押さえ、ふらつく身体をなんとか支えるように机の端に手をついて起き上がろうとしていた。
左卿にぶつけられた――と思ったイスは、しかしなぜかもとの場所にもどっている。
――幻覚……か……？
自分自身、はっきりとしない思考で、碧はぼんやりと思った。
どうやらこの男は幻覚を見せることができるのかもしれない。死神や、悪魔にさえも。
左卿はすごい目で男をにらんでいたが、男はそれに鼻を鳴らしただけだった。
そしてゆっくりと碧に向き直る。
「一緒に来てもらおうか」
にやりと笑ってそう言った男の声だけが、はっきりと耳に届く。
そして次の瞬間――碧は意識を失っていた――。

※　　　　※

なぁご、と一声鳴いて、吉宗が真冬の肩に飛び乗ってきたのは、ちょうど雑誌のインタビューが終わったところだった。

リリン…、とかすかな鈴の音が耳元で響く。

今日は独身のＯＬあたりをターゲットにした生活情報誌の取材で、グラビアとインタビューが数ページ、載るらしい。……なんで独身ＯＬの雑誌で自分なのかがわからなかったが。

『おねーさまのウケがいいからだろ？』

と、吉宗などはにやにやと言っていた。

『俺がだけど』

……むかつくが、ある意味、それは正解かもしれない。

今日の吉宗は瞳の色と同じ金の鈴をリボンで首に巻かれていて、ちょっと大きく動くたび、澄んだ音色を響かせていた。

『ネコの首に鈴をつけるなんぞ…。くそなまいきーっ』

と、吉宗自身は不機嫌だったが、しかしその音をたてずに歩くくらいは、使い魔にはあたりまえのようだ。

それがいつにない勢いで飛び乗ってきたのに、真冬はふと首をかしげる。

「吉宗？」

『なんか…、まずいことになったみたいだ』

めずらしく緊張した様子でつぶやいたのに、真冬はとまどう。

「まずいこと…、って……？」

意味がわからない。

『左卿になんかあったっぽい。大学にいるんだろ？　碧も一緒かも』

しかしそう言われて、真冬はハッとする。

どうやら、吉宗は離れていても主人の異変は察知できるようだ。

すみません、と断って、あわてて部屋を出ると、真冬は携帯で碧に連絡をとった。

が、碧に出る様子はなく、自動で留守電に切り替わる。

くそっ、と小さくうめいて、今度は左卿の番号にかけてみる。

気にくわないヤツだが、吉宗の飼い主である以上、やはり必要はあって登録はしていた。

こちらもなかなか応答がなく、ダメか…、とあきらめかけた時、ようやくつながった。

〈真冬か…？〉

しかし応えた声は咳《せ》きこむように低くかすれ、どこか息苦しそうにも聞こえる。

「おい…、どうしたんだよ？　碧、一緒にいるのかっ？」

いつにないそんな様子に真冬は問いつめるようにして尋ね、左卿はしばらく荒い息を整えてから、ようやく応えた。

〈おまえ…、会っただろ？　アーロン・ウォンって吸血鬼に〉

低く聞かれ、あっ、と息を呑む。

「あいつ…、碧のとこに行ったのっ？」

叫ぶように尋ねた真冬に、左卿が聞き返してくる。

〈あいつのいる場所、知ってるか？〉

「そんなの…っ」

反射的に、真冬は声を上げた。

知るわけがない。

「碧に代わってよっ！」

携帯に向かってわめいた真冬に、低い声が返ってきた。

〈連れて行かれたよ。……ああ、おまえの友達の…、何つったっけ？　希とかいう子も一緒にな〉


そろそろ太陽が傾きかけ、うららかな春先の陽気も一気に温度を下げる。

タクシーから降りて、真冬はぶるっと身震いした。長袖のシャツの上から、無意識に腕をこする。

……それは多分、気温のせいだけではないのだろうが。

電話から一時間後――。

真冬はあの洋館に来ていた。しばらく前にＣＭの撮影をしたところだ。確か、あの男の紹介で借りた――、と理緒子は言っていた。心当たり、と言われると、他にはまったくない。

やはりふだん人は住んでいないらしく、すでに薄暗い中にも明かりの灯《とも》っている部屋は見えなかった。

鉄門に鍵《かぎ》はかかっておらず、真冬はそっと押し開いて中へ足を踏み入れる。

そして、館の玄関も。

不用心、という以上だ。誘いこまれているのだろう。

……やはり、あの男の狙《ねら》いは自分なのだろうから。

先を行く吉宗が、音もたてずにすべるように床を進んでいく。

吹き抜けの玄関ホールの真ん中に立ち、階段の上に向かって真冬は大きく叫んだ。

「出てこいよっ！　用があるのは俺だろっ！」

自分の声が吸いこまれるように薄闇の中に消えていく。

しばらく、耳に痛いような沈黙しか返らなかった。

――と。

みゃぁぁお…、といくぶん長い吉宗の鳴き声が空気を切り裂く。

ふっ、と闇の中をさらに漆黒の闇が走り、階段の手すりへと飛び移った。そのまま一気に駆け上がる。

そして、次の瞬間――。

パッ…！　と頭上で光が弾ける。そのまぶしさに思わず、真冬は腕で顔を覆う。

ぎゃぅうううっ…！

と、それこそ化けネコのような声が耳を引っかいたかと思うと、天井から黒い塊がものすごい勢いで落下してきた。

「吉宗っ！」

叫んで必死に手を伸ばし、真冬はその身体を受け止めようとした。

が、寸前で届かず、しかし吉宗は空中で一回転して勢いを殺すと、すとん…、と床へ着地した。ほんのかすかに、リン…、と鈴の音が空気を揺らす。

ホーッ…、と体中の力が抜けた時、真冬はようやくそれに気づいた。

満月――だ。

押しつぶされそうなほど大きな月が、テラスへと抜ける二階の一面のガラス窓のむこうから白々と冴えた光を投げ入れている。

その光に照らされて、天井近くに青白い球体がふわりと浮いていた。

そして、その中に透けて見えるような二つの影――。

「碧…！」

目をすがめてそれを眺め、真冬は大きく叫んだ。反射的に飛び出すと、夢中で階段を駆け上る。二階の手すりに跳び上がり、大きく腕を伸ばした。

しかしそれは、まるで真冬をからかうように、ふわり、と指先から遠ざかる。

「碧…っ！　碧っ、大丈夫…っ!?」

球の中の碧は壁面にもたれかかるようにぐったりとすわりこんでいたが、その真冬の声が聞こえたのか、ふっと目を開けた。

わずかにまぶしげに額に手をやり、そして薄い膜《まく》一枚を挟んだむこうに真冬の姿を見つけたようだった。

（真冬…！）

音は聞こえなかった。しかし確かに、碧の唇が自分の名前を呼ぶ。見たこともないくらい、表情が張りつめていた。

そして、その後ろでまだ意識を失ったままのもう一人は――。

「希…？」

左卿から聞いてはいたが、なんで…、と愕然《がくぜん》とする。

――と、その時だ。

「さて。どうする？」

ふいに愉快そうな、低い男の声が聞こえてくる。

ハッと顔を上げると、真冬の横、同じ手すりの上に、アーロンがスッ…と、まっすぐに立って真冬を見下ろしていた。

「あんた……」

男をにらみつけ、真冬はグッ…、と歯を食いしばる。

「すぐに碧を下ろせっ！」

真冬の剣幕に、クッ…、と男が喉を鳴らす。

「おまえが助けてやればいい。私はそれを邪魔するつもりはないが？」

その言葉に、真冬は混乱した。

「あんた…、どういうつもりだ…？　何がしたいんだよっ!?」

『そいつ、真冬に力を使わせたいのさ』

と、その答えが返ってきたのは、真冬の後方からだった。

手すりの下の方から吉宗がゆっくりと上ってきながら、ふん、と鼻を鳴らす。

「力…？」

つぶやいて、無意識に真冬は自分の右手を見つめる。

そんな、自分では使い方もわからないのに。

『わかってるだろ？　真冬がこの間みたいなバカ力を出したら、今度こそ、真冬にも処分が下る。こいつみたいに執行部に追われることになるんだ』

その吉宗の指摘に反論するでもなく、男はにやり、と口元で笑った。

『でもヘンだな…。吸血鬼にこんな異空間を作れるのか…？』

小さくつぶやいた吉宗の声は、しかし真冬の耳に入っていなかった。

ただじっと男をにらみつける。

「いいかげんにしろよ…っ！　碧たちを巻きこむことはないだろっ！」

「巻きこむ？　おかしなことを言うな」

クックッ…、と男が笑う。

「君を育てたのがその死神である以上、巻きこんだというのは違う。もともとが関係者だ。……まあ、確かに、その人間は巻きこまれたわけだが」

まるで他人事のようにアーロンが言った。そして酷薄にその目が瞬いた。

「ほら。早く壊してやった方がいい…。その球はだんだんと小さくなる。最後はピンポン球みたいにな」

「え？」

その言葉に、真冬は大きく目を見張った。

「そう…、だんだん小さくなって中の空間は狭くなっていく。そのうちに手足が折れ、身体が押しつぶされて……」

歌うように口ずさむ男の言葉が、頭の中をぐるぐるとまわっていく。

知らず息が荒くなり、瞬きもできずに男をにらむ真冬の目の前に、いつの間にか、ふわり、と小さな白いピンポン球のようなものが浮かんでいる。

そして――。

「こうなる」

パチン…、と指を弾くような音がした、と思った次の瞬間――。

「――うわっ…！」

パン、と鋭い音をたてて、その球が目の前で弾け、真冬は一瞬、心臓が止まった。

ようやく息をつき、強張《こわば》った顔を上げた真冬に、男が微笑む。

「あんた……」

恐怖と――そして怒りで、頭の中が真っ白になる。

そして次の瞬間、細い手すりの上だということも忘れて、男に向かって殴りかかっていた。

「この……っ！」

しかし突き出した腕は薄笑いとともにあっさりとかわされ、そのタイミングで逆に背中を肘《ひじ》で突かれるようにして真冬はあっという間に手すりから足を踏み外す。

あっ、と自分が声を上げたのかどうかもわからなかった。

（真冬……！）

それでも碧の声だけははっきりと耳に届いた気がした。

反射的に伸ばしていた右手の指が、危うく手すりの端にひっかかっていた。足下はもちろん何もなく、床までは普通の家の三階……ほどはあるのだろうか。

さすがに背筋に冷たい汗が流れた。

「おやおや…。君は吸血鬼だろう？　その程度から落ちてもかすり傷にもならないはずだが」

真冬はグッと奥歯を噛みしめると、必死にもう片方の腕を伸ばして手すりをつかみ、足をなんとか引っかけてようやく這《は》い上がる。肩で大きく息をついた。

「吸血鬼ならば、もう少しスマートなやり方があると思うがね…」

やれやれ…、と肩をすくめるようにして言った男を、真冬は荒い息をつきながらにらみ上げる。

「あんた、邪魔はしない…、って言ったよな…？」

「そのつもりだ」

余裕を見せて微笑んだ男に、真冬はたたきつけるように言った。

「だったらそこで見てろっ！」

そしてくるりとふり返ると、もう一度、手すりの上に立ち上がり、思いきり碧に向かって手を伸ばす。しかしそれは、指先に触れそうで触れず、まるでからかうようにすり抜けていく。

やめろ、と言うように、球体の中で碧が首をふっている。

――と、真冬は一気に手すりから身体を躍らせ、その球体に飛びかかった。

「わ…っ！」

しかしそれはゴムボールのように真冬の身体を跳ね飛ばし、真冬の身体はそのままま っすぐ玄関ホールの床へとたたきつけられた。

体中がバラバラになりそうなほどの衝撃が全身を襲い、一瞬、気が遠くなる。

『真冬…っ！』

リンッ…、と鈴の音を鳴らして、吉宗が駆け下りてくる。

『おい、大丈夫か…っ？』

ざらりとした舌に頬をなめられ、真冬はのろのろと身体を起こした。ゆっくりと息を吐き、自分の身体がどこか壊れていないか確かめる。

「大…丈夫……」

かすれた声でうめき、真冬はようやく立ち上がった。

と、うつむいたままのまだ少しぼんやりとした視界に、うっすらと赤い血の痕《あと》が見える。

あ…、と無意識に額に手をやると、わずかに血が流れ出していた。

『無茶するなよ…』

うなるように吉宗に言われ、真冬はかすかに微笑んだ。

「大丈夫だって…。吸血鬼だし」

——どうやら半分だが。

血の痕をぬぐって、真冬はもう一度、長い階段を上がっていく。

あきれたような男の眼差しにさらされながら、手すりへよじ登り、もう一度、必死に手を伸ばして。

……そして、同じようにホールの床へたたきつけられる。

「つっ……」

痛みの程度も予測できていたとはいえ、やはりダメージは大きい。

それでも這うように階段を上り、真冬は碧に手を伸ばす。

そして、もう一度――。

『真冬っ』

床に落ちるたび、吉宗が走ってくる。耳に涼やかな鈴の音が現実に引きもどしてくれるようだった。

魔除けの鈴が…、まるで真冬には道標のようで。

ふっと左手を伸ばそうとして、違和感を覚える。

もしかして、骨が……折れただろうか？　額からは頬を伝うように血が流れ、唇も切れていた。

それでも、普通の人間ならもう動けないか、すでに死んでいるところだろう。

――やっぱり普通じゃないんだな…。

ふと、そんなふうに思って、なぜか笑える。

骨だって放っておけば、そのうちにくっつくのだろう。

そんな、化け物…、なのだ。

——それでも。

碧が自分のことを育ててくれたのだ。

吸血鬼だとわかっていたのに。死神とは相性が悪いはずなのに。

足を引きずるようにして、真冬は必死に階段を上る。

「無様だな…」

ため息をつくように、アーロンが言った。

「簡単だろう？　力を使ってみろ。壊れろ、とその思いをぶつけてみればいいだけだ」

「——嫌だ」

しかし男をふり返って、真冬は低く言った。

力は使わないと……碧と約束した。

「かまわないが…、それだといつまでたっても助けられないぞ。……見ろ。球はかなり小さくなっているようだが？」

指摘されて、ハッと気づく。

確かに、最初に飛びかかっていた時よりも、球体はふたまわりくらい小さくなっていた。

今はちょうど、碧の身長くらいしかない。

そしてその碧の後ろで、希がようやく意識をとりもどしたようだった。状況がわからないように、呆然とあたりを見まわしている。

「碧…！　希も……おいっ！」

気持ちが焦ってくる。アーロンが言うように、このままだとふたりとも押しつぶされてしまうだろう。

やっぱり……力を使うしかないのだろうか…？

碧に叱《しか》られても、……それでも。

もう一回——。

真冬はグッと指を握りしめる。

球が小さくなった分、なんとか手がかかるかもしれない。

そんなふうに思って、息を吸いこみ、もう一度、飛びかかろうと手すりの上で体勢を整える。

『真冬、落ち着け』

が、その真冬の背中に爪を立てるようにして、吉宗がしがみついてきた。

(真冬……！)

ハッと顔を上げた真冬の目の前で、青白い球の中からまっすぐに碧が見つめてくる。

何かをうながすように、スッ…と右手を前に出して、球の壁面に手のひらをつける。

「碧……」

真冬もよろけながらも立ち上がって、思いきり右手を伸ばした。

ゆらゆらと、球が目の前で揺れる。どうしようか、迷っているように。

『真冬…、力を出そうと思うな。壊そうと思うんじゃなくて……ただ強く思ってみろ』

ただ、強く思う——。

碧に手が届くように。

「碧……っ」

目の前で、碧が少し窮屈そうに身をかがめる。

その表情が大きく見える。ハッと気がつくと、ゆっくりと球が真冬に近づいていた。

息も止めたまま、真冬は頼りない動きの球を見つめ……やがて、ふっ…、とそれが指先に触れた。碧の伸ばした手の先に。

「あ…」

反射的にぎゅっと、碧の指にからめるように自分の指を動かす。

すると、液体の中をかくみたいに指が動き、碧の指と互い違いに重なっていく。

青白い球の表面がふわっと溶けて蜂蜜《はちみつ》色に変わり、薄く、手の感触もなくなっていって……

次の瞬間——。

ふっ、と溶け落ちるように、碧たちを覆っていた膜が消えた。

「碧……っ！」

とっさに、真冬は碧の身体を抱きよせる。

そのまま手すりから落ちそうになるのをなんとか踏ん張った勢いで、逆に背中から背後へと倒れてしまう。

「碧…」

碧の重みを受け止めたまま背中を打ちつけたが、一階へ落ちるほどの衝撃ではない。

そんな痛みよりも、真冬は急いで上体を起こして碧の様子を確認した。

「大丈夫だ…」

碧が額に手をやって、安堵《あんど》なのか、ほぅっ…、と大きな息をつく。

助かったことにか……、あるいは真冬が妙な力を使わずにすんだことに、なのか。

だがホッとすると同時に思い出して、真冬の顔色が変わった。

「希…っ！」

叫んで、とっさに立ち上がり、手すりから身を乗り出して階下を見た。

一緒にいた希は——普通の人間なのだ。

こんなところから落ちたら、自分以上の重傷になるはずだった。

いや、打ち所が悪ければ——。

しかし何かが落下したような音もせず、血の気が下がった顔で階下を見た真冬の視界の中には……浅葱が立っていた。

希の身体を受け止めた状態で。

「あさ…ぎ……?」

強張った顔で希が浅葱の顔を見つめ、ぎゅっと指先がその胸元をつかんでいる。

そして、真冬の声に気づいたのだろう。どこか虚《うつ》ろな様子でこちらを見上げ、もう一度、浅葱に視線をもどす。

「いったい……何…、これ…?」

震える声で尋ねた希を見下ろし、浅葱がわずかに唇を噛んだ。

「希…。すまない」

小さくつぶやくと、そっとその額に口づける。

あ…、とかすかにつぶやいたあと、何かに吸いこまれるように、浅葱の腕の中で希は意識を失っていた。

その身体を階段の下にあったカウチソファに寝かせ、そっと指先で前髪をかき上げてから、何か思いきるように浅葱がいつもの感情を見せない顔で階段を上がってくる。

「ご苦労だったな」

そして手すりに腰を預けて立っていたアーロンに、そう言った。

「だが、関係のない人間を巻きこんだのはどういうわけだ?」

厳しい口調だった。

それにアーロンが肩をすくめる。

「関係なくはない。かまわないでしょう？　真冬の友人だ。エサとしてはちょうどいい」

「碧だけで十分だったはずだ…！」

しなるような浅葱の…、――初めて聞いた浅葱の怒りをにじませた声に、真冬は思わずびくっと身体を震わせる。

しかしアーロン自身は顔色一つ、変えなかった。

「エサが増えてまずいことはない。人一人の生死など…、あなた方にはどうとでも調整できるでしょう？　死神ならね」

皮肉、なのか。薄く笑ってさらりと言った男を、浅葱は無言のままにらみつける。

「おや。さすがに監査委員会のホープたるあなたにも、大切にしている人間の一人もいたようだ。怒りましたか？」

わざとらしく、アーロンが鼻を鳴らす。

「私への腹いせか？」

「どうとでも」

低く尋ねた――というよりも、確認した浅葱に、男は軽く肩をすくめた。

「では、私の役目はここまでということで」

そしてにやり、と唇で笑うと、ふっと真冬をふり返る。

「君にはまた会いたいな。同族なのは確かだからね」

それだけ言うとゆっくりと階段を下り、……そうそう、と思い出したように、扉のあたりでふり仰いだ。

「例の悪魔、今頃は彼が…、左卿が捕まえていると思いますよ。……ああ、さっき庭に逃げたようですけどね」

そして、では、と会釈するようにして玄関から姿を消す。

「例の悪魔というのは…、この間の横流しを受けていた方の？」

碧が手すりに手をおいたまま、閉まった玄関の扉を眺めながら穏やかに浅葱に尋ねている。

「そうだ。吸血鬼ではあの空間は作れない。だから、アーロンが逃亡中の悪魔に接触して作らせた。真冬の力が解放されれば…、その力をとりこむことができる、と話を持ちかけてな。

……まあ、今回のことは一石二鳥を狙《ねら》ったやり方だった。逃亡中の悪魔を捕らえることと…、真冬を試すことと」

淡々と言った浅葱の言葉に、真冬は呆然と浅葱と、そして碧とを見比べた。

「どういう……こと……？」

意味がわからず、ただ混乱する。

と、リリン…、と鈴が鳴り、吉宗が近づいてきた。

『ひょっとして…、監査委員会のテストだったんだな？』

ちろっ、と浅葱を見上げて確認した。

「そうだ」

と、静かに浅葱がうなずく。

「テスト…？」

ぼんやりと真冬は口の中でくり返した。

「真冬にとって問題なのは力の大きさではなく、コントロールできるかどうかということだ。だからそれを自分の意思で抑えられるかどうか、試させてもらった」

真冬は思わず息を吞む。バッと碧に向き直った。

「碧……碧は知ってたの……？」

愕然と、つぶやくように尋ねる。

「あの空間に閉じこめられたあと、アーロンに聞いた」

その碧の答えに、真冬はホッと肩の力を抜く。

ずっとだまされていた――というと言葉は悪いのかもしれないが――わけではないらしい。

いや、もしそうだったとしても、真冬としては何も言えないのだろうけど。

「しかし…、あのアーロン・ウォンという男は執行部に追われているのではなかったのか？

このまま逃がして…、いや、そもそも協力させるようなマネをしてもかまわないのか？」

腕を組んで、わずかに眉をよせ、碧が浅葱に視線を向ける。

「追われている、ということで公表されているが、それは人間界で逃げている者たちと接触しやすくするためのフェイクで、実際にはアーロン・ウォンは越境執行部の一人だ。狩る方の側の男だよ」

その説明に、真冬はハッとする。思わず、声を上げていた。

「でも……！」

――おまえには狩られる者の痛みがわからないようだな…。

そう言った男の声が耳によみがえる。

「でも、あの人……、吸血鬼じゃないの…？」

ごくり、と唾《つば》を飲むようにして尋ねた真冬に視線を向け、浅葱が淡々と答えた。

「アーロン・ウォンはハーフだ。吸血鬼と…、死神のな」

あ…、と真冬は大きく目を見張る。

――死神との……ハーフ？

ズキッ…、と、なぜか心臓が痛くなった。

死神にとって厄介者であるはずの吸血鬼だ。どんなふうに生きてきたのか。そして、どうして、狩る側になったのか……。

そんなことを思うと。

「監査は終了なのか？」

静かに尋ねた碧に浅葱はただうなずいて、階段を下りかける。

あっ、と真冬は思い出した。

「希のこと…、どうするんだ…？」

背中に聞いた真冬に、浅葱がゆっくりとふり返って言った。

「希の記憶は消す。アーロンに会ってからのことと、私に関することはすべて」

「そんな…、どうしてっ？」

真冬は愕然として声を上げていた。

確かに、今日のことは希にとっては意味もわからないだろうし、いきなり死神だの吸血鬼だの言われても、頭がおかしいと思われるだけかもしれない。

でも浅葱のことは——希の記憶の中で、大切な思い出のはずだ。

そうでなければ、今、カメラの仕事をしたいとは思っていない……。

「希は人間だ。おまえとは違う」

それに感情もなく、浅葱が答えた。

「違うっ。あんたは自分の正体がバレて、希に嫌われるのが恐いだけだろ…っ！」

その無表情な顔に向かって、真冬は思わず叫んでいた。

「そうじゃなかったらっ！　五年前にあんたが冥界《めいかい》に帰る時、消せばよかったんだろっ」

その真冬の言葉に、浅葱の顔がわずかに強張ったような気がした。恐いくらい鋭い眼差しでにらみつけられる。

「ガキが…」

そしてポツリと低く吐き捨てた言葉は、浅葱としてはいつになく人間らしい――ような気もして。

「真冬」

後ろから静かにいさめるように声をかけられて、真冬はようやく肩で息をつく。

ふっと、浅葱の視線が肩越しに碧へ向けられた。

「あまり…、甘やかすな」

「わかっている」

ちろっと真冬を横目にして言った浅葱に、碧がさらりと答えて、……俺のこと？　と真冬は一瞬、ムッとする。

――碧も答えなくていいのに。

「俺…、合格できた…の？」

浅葱が階段を下りていってから、ようやく真冬はふり返って、そっと唇をなめ、おそるおそる尋ねてみる。

「それは浅葱の判断だ」

碧はそれに淡々と答えた。

「俺…、あのままだったらきっと…」

力を使っていた——と思う。碧との約束をやぶって。

ぎゅっと拳を握って口をつぐんだ真冬の前髪を、さらりと碧の指がかき上げた。

「私を助けるために…、か？」

あ…、と顔を上げると、碧がやわらかく微笑んでいるのが目に映る。

「おまえは一人じゃない。一人で生きていく必要はないんだから…、何かあっても一緒に乗り越えていけばいい」

わずかに冷たい手のひらで頬が撫でられ、ふっ…、と一瞬、目の前が暗く陰って。

「大丈夫だ…。二度と…、力は使わせない。おまえは私の大事な……恋人だからな」

そんなかすれた声が耳に届いて。

気がつくと、碧の唇が自分のに触れていた。

頭の中が真っ白になる。

——キス——してもらった……？

と、気づいた時はもう離れたあとで。

「あ、碧…っ！」

しかし思わず抱きしめようと伸ばした腕は、下からかっ飛んできた左卿の怒声に吹き飛ばされる。

「――おい、真冬っ！　おまえ、使い魔に魔除けグッズなんかつけてんなっ！」

くすっと喉で笑った碧が軽く真冬の頬をたたき、先に階段を下りていった――。

※　　　　※

大きな満月に追いかけられるように、ふたりで家まで帰ってきた。

真冬が心配そうに何度も碧の顔を見つめてくるので、タクシーの中、碧はそっと真冬と手をつないでやっていた。

三カ月前、やっぱりこうして、不安そうな真冬と帰ってきたのを思い出す。

今日の真冬もかなりボロボロだったが、あの時よりはマシだろうか。

「腕…、大丈夫か？」

玄関へ入りながら、思い出したように碧はふり返って尋ねる。

「うん。平気」

ニッ、と笑って真冬が答えた。

「なんか、ピクッ…、て筋肉が動いてるんだよ。身体の中で小人さんが一生懸命治してるみたいでちょっとおもしろい」

……それはおもしろいのか、不気味なのか。

碧は肩をすくめてため息をついた。

「お茶、淹れるね」

そして、いそいそと碧を追い越して先に中へ入っていった。

部屋で着替えてからリビングへ下りていくと、真冬がちょうど紅茶を運んでくる。

なんとなく、何を言っていいのかわからなくて、……多分、おたがいに、なのだろう。妙な沈黙が落ちていた。カップがソーサーにあたる音だけが、夜の静けさを震わせる。

「あのさ…」

それをようやく真冬が破った。

「キス…、してくれて……うれしかった」

ソファにすわる碧から視線をそらしたまま、子供みたいな口調で言う。

碧はちょっと笑ってしまった。

「真冬」

ソーサーにのせたカップをテーブルへもどし、碧は静かに呼んだ。

びくっ、と顔を上げ、何か確かめるように碧を見つめてから、そっと真冬が近づいてくる。

碧の足下にしゃがみこんで、おそるおそる手を伸ばしてきて。

顔に触れようとして、やっぱりためらうようにその指がそっと、服越しに碧の心臓の上に重ねられる。

やっぱり…、自分が言ってやるべきなのだろう、と思う。ずっと年上、なのだから。

鼓動が激しいのが、真冬にわかっているのだろうか…？

そう思うと、ちょっと恥ずかしい。

「真冬…」

「いいの…？」

碧が口を開いたのとほとんど同時に、真冬がそっとかすれた声で尋ねてきた。

短く息をつき、碧は落ち着いたふりで答えた。

「今夜は満月だしな。おまえも……、いろいろつらいんじゃないのか？」

いくぶんからかうような口調で、するりと手を伸ばして、真冬のやわらかな髪をくしゃくしゃと撫でてやる。

「満月だけしか抱かしてくんないの…？」

ちろっ、と、うかがうように真冬が上目づかいで見上げてくる。

「そのくらいでちょうどいいのかもしれないな」

冗談のように軽く答えながら、しかしなかば本気で碧はそう思う。ヘタに調子に乗らせると、いろいろと大変そうだ。

……だがそれは、抱いてもいい、と言っているのと同じだった。少なくとも月に一度は。

「でも満月の時だけでも碧のこと抱けるんなら……、俺…、吸血鬼だったことを感謝しなくちゃね…」

ちらっと窓越しに大きな月を眺め、真冬がどこかおとなびた横顔でつぶやいた。

「おまえが吸血鬼だということはおまえの責任じゃないし、恥ずかしいことでもない」

それに碧は静かに言う。

ほろっ…と、真冬が笑い、うん…、とうなずいた。そして腕を伸ばし、碧の腰にしがみつくようにして胸に顔を埋めてくる。

「碧に拾われてよかった…」

吐息のようにささやき、わずかに伸び上がった顔が碧の喉元へ触れる。

「あ…」

ちろっ、と濡《ぬ》れた舌先が顎の下をなめ上げ、ぞくっ…と肌に走った震えに、碧は思わずかすれた声をもらす。

真冬の舌はそこから耳のあたりへとゆっくりすべり、大きく息を吸いこむ息遣いが耳に届く。

「碧…」

そして片膝をソファに引っかけ、両腕で碧を囲いこむようにして、そっと唇が重ねられた。

「ん…」

無意識に真冬の腕をつかむようにして、碧はそれを受け入れる。

舌が深く入りこんできて、からめとられて。何度も吸い上げられて。飲みこみきれない唾液《だえき》が唇の端からこぼれ落ちてしまう。

ようやく唇が離れたかと思うと、息が整う間もなく、真冬が碧の前のボタンを外してきた。いたずらな指先が直《じか》に肌を撫でまわし、ふっ…と身体の奥で熱が呼び覚まされる。

「真冬…、ここでは……」

なかば身体もソファにずり落ち、肘で身体を支えるような状態でうめくように言った碧に、真冬はにやりと笑った。

「我慢できないよ…。碧が……誘ったんだから」

「真冬…！」

カッ…と頬が熱くなるのを感じながら、碧は思わず目の前の男をにらむ。甘やかすなよ、と言った浅葱の言葉が、ふいに苦々しく耳によみがえった。

「お願い…」

そして甘えるような声で言うと、手のひらを剝《む》き出しにした碧の胸にすべらせ、唇で鎖骨のあたりをたどってくる。

思わず押しのけようとした腕はあっさりとつかまれ、その強さにハッとした。

「……ごめん」

耳元でかすれた声がささやき、舌先が碧の胸の小さな芽を転がすようにしてなぶり始める。

「あぁ…っ」

その甘い刺激に、触れられていないもう片方の乳首も疼《うず》くようで、知らず碧は大きく胸をそらせた。

その反応に小さく笑い、真冬は唾液をからめた乳首をきつく摘《つま》み上げる。指で押しつぶすようにしていじりながら、もう片方を口に含み、軽く歯が立てられる。

「まふ……っ…、やめ……っ！」

それだけで身体の奥からざわざわと疼くような波が湧き起こり、全身へ伝わっていった。

力の抜けた下肢がソファの上に持ち上げられ、手早く下が脱がされる。そうしてから、真冬は上だけを無造作に脱ぎ捨てた。

「碧…、ダメだよ」

無意識に顔を隠そうとした碧の腕がとられ、もう一度、唇が奪われる。

真冬の手で確かめるように全身がくまなく撫で上げられ、そのあとを貪欲《どんよく》な唇がむさぼるようにしてたどっていく。

「んん……っ」

足のつけ根からやわらかな内側へと指が入りこみ、そっと中心がなぞられて、碧は自分の中

心が早くも形を変え始めているのを教えられる。

しかし反射的に引こうとした腰は押さえこまれ、大きく足が広げられた。片足がソファの背もたれに引っかけられ、恥ずかしく真冬の前に中心をさらす形になる。

「真冬…っ！」

泣きそうになりながら、たまらず碧は叫んだが、真冬はかまわず碧の中心に顔を埋めた。

「あっ…、あぁぁ……っ」

とろり、と甘く下肢をとろかす熱に包まれ、口の中でしごき上げられて、碧はこらえきれずに大きく腰をまわす。真冬が夢中でしゃぶり上げる濡れた音が耳につき、それだけで全身の熱が上がった。

無意識に真冬の髪を指でつかみ、しかしなかば押しつけるようにして腰を揺すってしまう。

ふぅ…、と息をついて、ようやく真冬が顔を上げた。

唾液に濡れ、硬くしなりきって天を指す碧のモノを指先でなだめるようにたどってから、碧の膝を押してわずかに腰を持ち上げる。

あっ、と思った時には、真冬の舌はさらに奥の入り口をこじ開けようとしていた。

「ダメだ…っ」

思わずうめいて、とっさに碧は隠すように自分の手を伸ばす。

しかし、クッ…と喉で笑って、真冬はその碧の指越しに、その部分に舌を伸ばした。

指がなめられ、その隙間《すきま》からくすぐるように奥の襞《ひだ》がなめ上げられていく。

「あぁ……、――あ…っ、あぁ……っ」

自分の指も、その部分も、すべてが濡らされていく感触に恥ずかしさといたたまれなさが募る。

真冬の舌がすくい上げるようにして碧の指をくわえこみ、しゃぶりあげた。そして指の下をかいくぐって、中心に舌を這わせる。

もう何の役にもたたない指を自分の指にからめて真冬が押しのけ、さらに深く、舌をねじこんできた。

溶けきった入り口が指先で押し開かれ、奥までも真冬の目にさらされて、味わわれる。

「すごい…。碧のここ、すごくヒクヒクしてる…」

「黙れ…っ」

かすかに笑って言われ、目のくらむような羞恥《しゅうち》に碧はたまらずわめいた。

「責任だけで……、こんなに感じたりしないよね…？」

尋ねる、というより、なかば自分に言うようにつぶやいて、真冬が指先で潤んだ襞をかきまわす。

「ふ…っ…、――あぁぁ……っ」

ジン…、と鈍く腰の奥が疼く。熱く火照《ほて》って、早く……奥の熱を鎮めてもらいたくて。

「ま…ふゆ……っ」

こらえきれずにうめいた碧に、真冬がゆっくりと二本の指を沈めてきた。

「あぁぁぁ……っ」

夢中で碧はその指を締めつける。深くくわえこみ、動かされるたび、溢《あふ》れ出す快感に大きく身体がのけぞる。

「碧……」

その淫《みだ》らに欲情した表情がじっと見つめられているのがわかる。

熱っぽい、かすれた声でつぶやき、真冬がいきなり指を引き抜いた。

「あぁ…っ、まだ……っ」

思わず口走ってから、碧はハッと我に返る。

真冬がかすかに笑って、手のひらでそっと碧の頬を撫でた。

「大事にするから。いっぱい恩返しするから。……ね？」

ついばむようなキスが頬に落とされ、それと同時に解けきった後ろに熱い塊が押しつけられて。

碧が目を閉じて、そっと身体の力を抜いた瞬間、ぐっ…、と深く、それが入りこんでくる。

「う…、あ…、あぁぁ……っ！」

裂かれるような一瞬の痛みのあと、津波のような快感が指の先まで襲いかかってくる。

「碧…っ」

腰をつかまれたまま、何度も突き上げられ、激しくこすり上げられた。

焼きつくされるような熱に碧は夢中で腕を伸ばし、真冬の肩を引きよせる。

おたがいの身体をすりよせ、ふたりで一気に上りつめた。

瞬間――糸が切れたように碧はソファに倒れこみ、しばらくしてようやく真冬が荒い息をついているのに気づく。

自分の放ったものが自分の腹にも、真冬の身体にも飛び散っているのに、思わず目をそらした。

「あ……」

ゆっくりと真冬が身体を離し、ずるりと身体の中から抜けていく。その感触にぞくっ…、と熾火《おきび》が身体の中でおこされるようだった。

「碧…?」

ぐったりとした碧を、心配そうに真冬がのぞきこんでくる。気だるい腕を伸ばし、碧はその額をピン…、と指で弾いてやった。

「今度ここでしたら…、ペナルティでひと月させない」

びくびくと様子をうかがうようにしていた真冬が、その言葉にホッと肩を落とした。

「うん。ごめんね」

素直にあやまりながらもにこにこと笑った真冬に、やっぱり甘いな…、と碧は反省した。

今度、ではなく、今、にするべきだったのだろう。

「じゃあ…、今からベッド、行く?」

そして調子に乗って尋ねてきた真冬を、碧は無言のままひっぱたいた——。

それから一週間ほどした夜の八時過ぎ、ふいに、リリリン…、と聞き覚えのある音が頭上に響いて、ふっと碧は身構えた。

え? と言うように、真冬はあたりを見まわしてきょろきょろとしていたが、やがていきなりリビングの扉が開いた。

「あんた…!」

そこに立っていた男に、真冬が大きく目を見張る。

——浅葱、だった。

「委員会の決定が決まった」

そんな真冬にかまわず、碧に向き直って浅葱が淡々と口にする。

そっと腕を組み、碧はただうなずいた。

「け…決定…って！」

声を上げて浅葱につめよろうとした真冬を制し、碧は静かに尋ねる。

「聞こうか」

「正式な通達は文書でくるはずだが。基本的には真冬の観察期間として五年。その間は定期的な報告が求められる。そして真冬が何か問題を起こせば、内容如何《いかん》にかかわらず、碧、おまえの責任になる。その場合、禁固二百年。そして、赤羽の仕事の邪魔をしたことのペナルティとして、身分はあと二十年は現状維持だ」

「そうか」

顔色も変えず、碧はやはりうなずいた。

妥当、というより、……碧にとってはありがたいくらいだ。

おそらく、身分、という意味では、かなりの降格に近いのだろうが。

「それって…、碧はここにいてもいいってことだよねっ？」

真冬が浅葱の襟首《えりくび》につかみかかるようにして確認している。

「おまえが問題を起こしさえしなければな」

それに相変わらず感情もなく、浅葱が答えた。

「ありがとう」

そんな浅葱に、碧は語気をやわらかく礼を言う。

真冬は、えっ？　という顔をしたが、ちょうどその時、今度は本物の玄関のベルが響き、あ、と真冬が応対に出た。

「この程度ですんだというのは、おまえの報告がかなり甘かったようだな」

真冬の姿が消えてから、口元で小さく笑うように言った碧に、浅葱は無表情を崩さないままに短く答える。

「事実を上げたまでだ」

「そうか」

とりあえず、納得しておく。

「五年は長い。気をつけるんだな」

忠告とも嫌味ともとれる言葉に、碧は微笑んでうなずいた。

ふたりで——乗り越えていけばいいことだった。

きっと。死がふたりを分かつまで。

「碧…」

——と、いくぶんとまどったような真冬の声が聞こえる。

すぐにもどってきたようだが、その後ろから小さな影がついてきていた。

あ…、と碧もわずかに目を見開いた。

希だった。

「あ、すみません。お客さんだったんですね」

浅葱の姿にあわてたように、希が首を縮める。

あのあと——希の記憶は消されていた。

碧や真冬のことはもちろん、覚えていたが、碧の研究室を訪ねて以降、そして浅葱に関することはすべて。

「……いや、失礼するところだ」

浅葱はさらりと言って、碧に軽くうなずくようにすると、そのまま入れ違いにドアを抜ける。

「誰、今の人…?」

その後ろ姿を見送って、希が小さく首をかしげる。

「俺、前に会ったことあったっけ…?」

希は小さくつぶやいて、いつまでも浅葱の行ったあとを見つめている。

そんな希の様子に泣きそうな顔をしている真冬が、碧はたまらなく愛《いと》しかった——。

あとがき

こんにちは。相変わらず人外箱の水壬《みなみ》です。

今回はちびっこ半吸血鬼と黒ネココンビ……になるのでしょうか。吸血鬼といえばコウモリがつきもののはずですが、なぜか黒ネコ。元気なヤツらです。私としてはかなりめずらしい、年下攻めですね。ふり返っても、長編三つと短編一つ、くらいしか思い出せません。……いや、キャラさんでの前作「桜姫」のシリーズも、年下と言えば年下なのですが……、三百歳違い、くらいになると、もはや年下とか年上とかいう問題ではないような。すれてない考え方が可愛《かわい》くて、書いていてジタバタしてしまいました。普通の人間より素直な吸血鬼です。

しかし、吸血鬼モノ、ということで、耽美かつ淫靡《いんび》、アダルトテイストの雰囲気を想像して手を伸ばされた方がいらっしゃいましたら、本当に申し訳ございません。まったくかけ離れてますね。いや、なにしろキャラが若くて…。真冬《まふゆ》が色気のあるオトナの吸血鬼…に、この先成長する気配はあんまりないのですが、でも一生懸命、碧《あおい》を守っていくのではないかと思います。碧は良識ある大人の死神ですので、その分ふりまわされつつ、しつけつつ、ほのぼの暮らしていくのでしょうか。ちなみに、吉宗《よしむね》は変身しませんよー。いや、動物キャラが出てくるたびに、なぜか「変身しないんですか?」と聞かれますので、念のため(笑)……ええ、確かに、犬や狼《おおかみ》やヘビやコウモリは変身してましたが。

今回、雑誌掲載時よりイラストをいただきました汞《みずかね》りょうさんには、本当にありがとうございました。書き下ろしの後半は書き直しにつぐ書き直しで、大変ご迷惑をおかけしてしまいました…。イラストは全体のトーンも、それぞれのキャラもすごく色っぽくて、雰囲気があって、とても好きです。文庫版のふたりも楽しみにしております。

そして編集さんにも、いつもながらお手数をおかけして申し訳ありません〜。相変わらず進歩がなく……ではいけないので、少しずつ前進したいとっ。ご面倒をおかけしますが、懲りずにまたどうかよろしくお願いいたします。

そしてこちらを手にとっていただきました皆様にも、本当にありがとうございました！　弟みたいな？　可愛い吸血鬼（と黒ネコ）にふわりと和んでいただければと思います。

キャラさんの次の本では、……どうでしょう、人外箱からついに足を踏み出すことになるのかな？　ようやく人間同士の恋愛に!?（いや、そこは驚くポイントではないような）

どんな世界へ飛び出すのかわかりませんが、どうかまたお会いできますように――。

三月　大好きなポンカンの季節が終わってしまいました……ビタミン源がっ。

水壬楓子《ふうこ》

この本を読んでのご意見、ご感想を編集部までお寄せください。
《あて先》〒105－8055　東京都港区芝大門2－2－1　徳間書店　キャラ編集部気付
「シンプリー・レッド」係

■初出一覧

シンプリー・レッド……小説Chara vol.15(2007年1月号増刊)

スイートリィ・ブルー……書き下ろし

Chara

シンプリー・レッド

……【キャラ文庫】

2008年4月30日 初刷

著者 水壬楓子

発行者 吉田勝彦

発行所 株式会社徳間書店

〒105-8055 東京都港区芝大門2-2-1

電話048-451-5960(販売部)

03-5403-4348(編集部)

振替00140-0-44392

印刷・製本 図書印刷株式会社

カバー・口絵 近代美術株式会社

デザイン 間中幸子

編集協力 押尾和子

ISBN978-4-19-900477-3

好評発売中

水壬楓子の本

【桜姫】

イラスト◆長門サイチ

連邦犯罪捜査局に勤務するシーナは、野性的で精悍な捜査官。頻発する異星人犯罪を取り締まるのが仕事だ。そこへ、捜査局に視察に訪れた高等判事秘書官・フェリシアの護衛の任務が。フェリシアは怜悧な美貌の超エリート。辛辣で無愛想な態度にはうんざりだが、命令には逆らえない。ところがその夜、シーナはフェリシアになぜか熱く誘惑されて…!?　衝撃の近未来ラブロマン!!

好評発売中

水壬楓子の本

【ミスティック・メイズ】桜姫3

イラスト◆長門サイチ

週末ごとにSEXするのは、愛情ではなく任務のため──。上司のフェリシアに、片想い中の犯罪捜査官のシーナ。抱くたびに想いの通じない空しさを募らせ、ついに苛立ちからフェリシアを突き放してしまう。そんな矢先、連邦捜査局がテロリストに占拠された！　その人質の中にはフェリシアが!?　シーナは命令違反を覚悟で、単身救出に向かうが…。衝撃のスリリング・ラブロマン完結！

投稿小説★大募集

『楽しい』『感動的な』『心に残る』『新しい』小説——

みなさんが本当に読みたいと思っているのは、どんな物語ですか？　みずみずしい感覚の小説をお待ちしています！

•応募きまり•

[応募資格]
商業誌に未発表のオリジナル作品であれば、制限はありません。他社でデビューしている方でもOKです。

[枚数／書式]
20字×20行で50～100枚程度。手書きは不可です。原稿は全て縦書きにして下さい。また、800字前後の粗筋紹介をつけて下さい。

[注意]
①原稿はクリップなどで右上を綴じ、各ページに通し番号を入れて下さい。また、次の事柄を１枚目に明記して下さい。
（作品タイトル、総枚数、投稿日、ペンネーム、本名、住所、電話番号、職業・学校名、年齢、投稿・受賞歴）
②原稿は返却しませんので、必要な方はコピーをとって下さい。
③締め切りは特別に定めません。採用の方にのみ、原稿到着から３ヶ月以内に編集部から連絡させていただきます。また、有望な方には編集部からの講評をお送りします。
④選考についての電話でのお問い合わせは受け付けできませんので、ご遠慮下さい。
⑤ご記入いただいた個人情報は、当企画の目的以外での利用はいたしません。

[あて先]　〒105-8055 東京都港区芝大門2-2-1
徳間書店 Chara編集部 投稿小説係

投稿イラスト★大募集

キャラ文庫を読んで、イメージが浮かんだシーンをイラストにしてお送り下さい。キャラ文庫、『Chara』『Chara Selection』『小説Chara』などで活躍してみませんか？

•応募きまり•

[応募資格]

応募資格はいっさい問いません。マンガ家＆イラストレーターとしてデビューしている方でもOKです。

[枚数／内容]

①イラストの対象となる小説は『キャラ文庫』か『Chara、Chara Selection、小説Charaにこれまで掲載された小説』に限ります。
②カラーイラスト１点、モノクロイラスト３点の合計４点。カラーは作品全体のイメージを。モノクロは背景やキャラクターの動きの分かるシーンを選ぶこと（裏にそのシーンのページ数を明記）。
③用紙サイズはＡ４以内。使用画材は自由。

[注意]

①カラーイラストの裏に、次の内容を明記して下さい。
（小説タイトル、投稿口、ペンネーム、本名、住所、電話番号、職業・学校名、年齢、投稿・受賞歴、返却の要・不要）
②原稿返却希望の方は、切手を貼った返却用封筒を同封して下さい。封筒のない原稿は編集部で処分します。返却は応募から１ヶ月前後。
③締め切りは特別に定めません。採用の方にのみ、編集部から連絡させていただきます。また、有望な方には編集部から講評をお送りします。選考結果の電話でのお問い合わせはご遠慮下さい。
④ご記入いただいた個人情報は、当企画の目的以外での利用はいたしません。

[あて先]

〒105-8055 東京都港区芝大門2-2-1
徳間書店 Chara編集部 投稿イラスト係